हिन्द पॉकेट बुक्स

अन्तिम परिचय

शरत्चन्द्र चट्टोपाध्याय बांग्ला के सुप्रसिद्ध उपन्यासकार एवं लघु कथाकार थे। उनकी अधिकांश कृतियों में गाँव के लोगों की जीवनशैली, उनके संघर्ष एवं उनके द्वारा झेले गए संकटों का वर्णन है। इसके अलावा उनकी रचनाओं में तत्कालीन बंगाल के सामाजिक जीवन की झलक मिलती है। शरत्चन्द्र भारत के सार्वकालिक सर्वाधिक लोकप्रिय तथा सर्वाधिक अनूदित लेखक हैं। 16 जनवरी 1938 ई. को कलकत्ता में 62 वर्ष की उम्र में उनका निधन हुआ।

अन्तिम परिचय

शरत्चन्द्र

हिन्द पॉकेट बुक्स
पेंगुइन रैंडम हाउस इम्प्रिंट

हिन्द पॉकेट बुक्स

यूएसए | कैनेडा | यूके | आयरलैंड | ऑस्ट्रेलिया
न्यू ज़ीलैंड | भारत | साउथ अफ़्रीका | चीन | सिंगापुर

हिन्द पॉकेट बुक्स, पेंगुइन रैंडम हाउस ग्रुप ऑफ़ कम्पनीज़ का हिस्सा है,
जिसका पता global.penguinrandomhouse.com पर मिलेगा

पेंगुइन रैंडम हाउस इंडिया प्रा. लि.,
चौथी मंजिल, कैपिटल टावर -1, एम जी रोड,
गुड़गांव 122 002, हरियाणा, भारत

पेंगुइन
रैंडम हाउस
इंडिया

प्रथम संस्करण हिन्द पॉकेट बुक्स द्वारा 2000 में प्रकाशित
यह संस्करण हिन्द पॉकेट बुक्स में पेंगुइन रैंडम हाउस द्वारा 2022 में प्रकाशित

10 9 8 7 6 5 4 3 2

इस पुस्तक में व्यक्त विचार लेखक के अपने हैं, जिनका यथासंभव तथ्यात्मक सत्यापन किया गया है, और इस संबंध में प्रकाशक एवं सहयोगी प्रकाशक किसी भी रूप में उत्तरदायी नहीं हैं।

ISBN 9789353496654

मुद्रकः रेप्रो इंडिया लिमिटेड

www.penguin.co.in

FSC www.fsc.org
MIX
Paper from responsible sources
FSC® C047271

This is a legitimate digitally printed version of the book and therefore might not have certain extra finishing on the cover.

अन्तिम परिचय

राखालराज का एक नया दोस्त हुआ है तारकनाथ। परिचय कुल तीन महीने का है किन्तु इसी बीच 'आप' की जगह 'तुम' ने ले ली है और आजकल के रंग-ढंग से लगता है कि इस 'तुम' को और नीचे खींच ले जाने में भी दोनों में से किसी को आपत्ति न होगी।

ढाई बजे तारक को आ जाना चाहिए था किन्तु तीन बज रहे हैं। राखाल तारक से सलाह के लिए व्याकुल है। तीन बजे उसे कहीं जाना है—गए बिना काम न चलेगा। भवानीपुर[1] में संध्या के बाद ही महिला-मजलिस का अधिवेशन है; अनेक तरुणी विदुषियों के आने की संभावना के कारण गृहिणी ने बेगार के लिए राखाल को बुलवाया है। ठीक समय पर न पहुंचने से अन्याय होगा। राखाल की तैयारी हो चुकी है। दो बार दाढ़ी-मूंछ साफ करके चार-चार बार 'स्नो' लगाया जा चुका है। पलंग पर चुन्नटदार पंजाबी कुर्ता, रेशमी गंजी, चुनी धोती और नीचे चमचम करता पंप शू, तिपाई पर रखी सोने की चेन सहित चौकोन रिस्ट-वाच, सभी कुछ तैयार है। टेबल पर चायदानी में चाय का पानी गाढ़े से गाढ़ा, प्रायः न पीने योग्य, होता जा रहा है किन्तु मित्र का पता नहीं। इसलिए दोष जब मित्र का ही है तब दरवाजा बंद करके बाहर चलने में हर्ज क्या

---

1. कलकत्ता का एक इलाका

है? मन में एक खटका लगा रहेगा परन्तु उस तरफ का आकर्षण भी तो कम नहीं है।

अपनी चंचलता में राखाल पांव में चट्टी पहनकर एक बार बड़े रास्ते तक घूम भी आया है; फिर चाय ढालकर अकेले ही पीते-पीते मन में निश्चय किया कि चाय खत्म होते ही चल दूंगा, फिर न रुकूंगा। भाड़ में जाए उसकी सलाह–व्यर्थ-व्यर्थ, सब कुछ व्यर्थ है। न होगा, कल सवेरे उसके मेस तक घूम आऊंगा।

तारक का परिचय फिर दिया जाएगा। यहां राखाल की बात कह देना जरूरी है। पूछने पर कहता है, मैं तो संन्यासी आदमी ठहरा, पिता-माता, दोनों पक्षों के सब लोग परलोक सिधार गए हैं, केवल वही बच गया है। पटलडांगा[1] में रहता है। एकमंजिला घर है जिसमें काफी सीलन है। हवा की कमी होने पर भी प्रकाश काफी है। घर जैसा भी हो किन्तु राखाल के पास असबाब की कमी नहीं है। अच्छा पलंग, सुंदर बिछौना, अच्छी टेबल-कुर्सी, दो सुंदर अलमारियां–एक पुस्तकों और दूसरी कपड़ों से भरी हुई। मूल्यवान् बिजली का पंखा तथा कीमती दीवार-घड़ी। और भी कितनी ही चीजें हैं। एक बूढ़ी दासी है: वह कुकर तथा चाय के बर्तन धो-मांज जाती है; झाड़ू लगाती है; कपड़े धोकर सुखाकर यथास्थान रख देती है और समय मिलने पर बाजार से सामान भी खरीदकर ला देती है। राखाल भी मासिक वेतन के अलावा तीज-त्यौहार पर उसे कुछ न कुछ देता ही रहता है जो कभी-कभी तो वेतन से भी ज्यादा हो जाता है। राखाल उसे बीच-बीच में नानी कहकर पुकारता है और वह भी उसे स्नेह करती है।

राखाल सुबह स्कूल की नीची श्रेणी के लड़कों को पढ़ाता है और बाकी सारा दिन सभा-सोसाइटी में बिताता है। वह राजनीतिक नहीं, सामाजिक प्राणी है। वह अपने को साहित्यिक बताकर कहता है कि राजनीति

---

1. कलकत्ता का एक इलाका

के गुल-गपाड़े से उसकी साधना में विघ्न पड़ता है। पहले उसने नौकरी पाने की काफी कोशिश की किन्तु सफल नहीं हुआ। अब उसने उस दिशा में प्रयत्न छोड़ दिया है। किन्तु एक समय छोटे लड़कों को पढ़ाकर किस तरह इतना सुख स्वातंत्र्य प्राप्त करना संभव है, यह समझ में नहीं आता। वह साहित्यिक है किन्तु प्रचलित साप्ताहिक या मासिक पत्रों में उसका नाम कहीं दिखाई नहीं पड़ता। रात में देर तक वह लिखा करता है किन्तु उसका क्या करता है यह किसी को नहीं बताता। कोई यह भी नहीं जानता कि उसने स्कूल-कालेज में क्या पढ़ा है। उसकी अलमारी में सब विषयों की पुस्तकें हैं। होम्योपैथी से बेतार के तार तक सब विषयों की जानकारी उसे है। वह हर विषय का विशेषज्ञ है। उसकी बातें सुनकर कुछ लोग हंस देते हैं, कुछ श्रद्धा से द्रवित हो जाते हैं किन्तु इतना सब मानते हैं कि राखाल परोपकारी है और किसी की सहायता करने में पीछे नहीं रहता। इसीलिए बहुत से घरों में राखाल की बेरोक-टोक पहुंच है। लोग उससे अपना काम करा लेते हैं और वह प्रसन्नतापूर्वक लोगों की बेगार कर देता है। जो स्त्रियां उससे बड़ी हैं, कहती हैं, "राखाल, अब अपना ब्याह कर डालो और घर-गृहस्थी जमाओ; काफी उम्र हो चुकी है।"

राखाल कान में उंगली लगाकर कहता है, "और सब कुछ कहिए, केवल इतना ही न कहिए। मैं यों ही अच्छा हूं।" शुभैषी कहते हैं कि वह भला किसकी बात सुनने वाला है! वह तो स्वदेश और साहित्य के पीछे पागल है। पर किसी शुभैषी ने कभी यह नहीं कहा कि, 'राखाल, हमने तुम्हारे लिए लड़की ठीक कर ली है, तुम्हें ब्याह के लिए राजी होना ही पड़ेगा।'

इसी तरह राखाल के दिन बीत रहे थे; उम्र बढ़ती जा रही थी। विद्या में वह चाहे जैसा हो किन्तु इतना तो वह समझता ही है कि संसार में अपना कहने को उसे कहीं कोई नहीं है। इसलिए औरतों का काम करके भी वह उनसे दूर रहता है; अधिक के लिए लोभ नहीं करता। एक तरह

का संयम उसकी रक्षा करता है।

•

चाय पीकर राखाल चुन्नटदार धोती पहनने जा रहा रहा था कि तारक ने प्रवेश किया। राखाल बोला, "वाह भले आदमी, इसी को परामर्श कहते है ?"

"कहीं जा रहे हो क्या ?"

"नहीं तीसरे पहर भी घर में बैठा रहूंगा !"

"तीसरे पहर में अभी बड़ी देर है, बैठो।"

"नहीं, यह सम्भव नहीं। अब परामर्श की बात कल पर गई।" इतना कहकर उसने गंजी के ऊपर पंजाबी कुर्ता चढ़ा लिया।

"तब परामर्श हो चुका। कल सुबह तो मैं यहां से बहुत दूर जा पडूंगा। हो सकता है कि फिर कभी—नहीं, बहुत दिनों तक हमारी भेंट न हो।"

राखाल धप से कुर्सी पर बैठकर बोला, "इसका अर्थ ?"

"अर्थ यह है कि मुझे एक नौकरी मिल गई है—बर्दवान जिले के एक गांव में एक नये स्कूल में हेडमास्टरी।"

"प्राइमरी ?"

"नहीं हाई स्कूल।"

"हाई स्कूल की ? मैट्रिक ? वेतन ?"

"लिखा तो है नब्बे रुपये। और एक छोटा-मोटा मकान रहने के लिए।"

राखाल अट्टहास करके बोला, "सब धुप्पलबाजी है, किसी ने मस्खरापन किया है। सब मिलाकर सौ रुपये से ऊपर ? उन्हें कोई और नहीं मिला ?"

"न मिला होगा ! गांव में कोई सरलता से जाना भी तो नहीं चाहता।"

थोड़ी देर की चुप्पी। फिर तारक बोला, "जीता रहा तो बड़े दिन की छुट्टियों में भेंट होगी।" तारक ने सोने की अंगूठी उतारकर मेज के एक किनारे रख दी और कहा, "भैया राखाल, तुम्हारे बीस रुपये देने हैं।"

"उन रुपयों के लिए यह बंधक है?" कहकर राखाल ने झपटकर अंगूठी उठाई और खिड़की से बाहर फेंकना ही चाहता था कि तारक ने उसका हाथ पकड़कर प्रेम से कहा, "अरे बंधक नहीं। मेरी निशानी है।" कहकर उसने बलात् मित्र की उंगली में अंगूठी पहना दी। फिर बोला, "पन्द्रह मिनट हो गए, अब जाओ, तुम्हारी छुट्टी है।" पर राखाल का महिला-मजलिस में जाने का उत्साह अब मंद हो गया था। वह चुपचाप बैठा रहा। ड्रेसिंग टेबल के कांच में दोनों की छाया पड़ रही थी। राखाल ठिंगना, गोरा है; उसके मुंह पर सहृदयता और सरलता की छाप है। आदमी भलामानुस मालूम पड़ता है। तारक लंबा, छरहरा, सांवला बल्कि काला है। बलवान् होने का आभास होता है। दृष्टि में विशेषता है, आंखें सुंदर नहीं हैं पर विश्वसनीय है। 27-28 की उम्र होगी, राखाल से 2-3 साल छोटा किन्तु देखने में बड़ा लगता है।

सहसा राखाल ने कहा, "किन्तु तुम्हारा वहां जाना ठीक नहीं है। हाई स्कूल को चला लेना क्या सरल है? मैट्रिक के छात्रों को पढ़ाना होगा, उन्हें पास कराना होगा, यह योग्यता क्या..."

तारक बोला, "वे योग्यता नहीं चाहते; चाहते हैं यूनिवर्सिटी की छाप। लड़के पढ़ाने का बोझ मुझ पर है, पास कराने की जिम्मेदारी उनकी है।"

एकाएक सामने के कांच में एक स्त्री की छाया पड़ी। दोनों ने घूमकर देखा महिला कमरे के बीच में आ गई है। यौवन के दूसरे छोर पर है किन्तु सहसा देखकर वैसा मालूम नहीं पड़ता। रंग बहुत गोरा; शरीर कुछ रोगी लगता है किन्तु सम्पूर्ण अंगों में असीम मर्यादा का भाव। माथे पर सोहाग की बिन्दी। गरद की साड़ी पहने है। दोनों मित्र कुछ देर के लिए स्तब्ध होकर ताकते रहे। राखाल कुर्सी छोड़कर बोला, "अरे! नई मां हैं?" और इतना कहकर उनके चरणों पर गिर गया।

साष्टांग प्रणाम करने के बाद जब राखाल उठ खड़ा हुआ तो स्त्री ने उसकी ठुड्डी का चुम्बन किया और कुर्सी पर बैठ गई। राखाल उनके चरणों के समीप जमीन पर ही बैठ गया। तारक मित्र के पास जा बैठा।

राखाल बोला, "सहसा पहचान नहीं पाया मां!"

"न पहचान पाने की तो बात ही है बेटा!" फिर बोली, "राजू, यही तुम्हारे नये मित्र हैं? इनका नाम?"

"नाम है तारकनाथ चटर्जी। यह आज ही बर्दवान के किसी गांव में जा रहा है।"

"तारक बाबू, क्या आप सचमुच आज ही जा रहे हैं?"

तारक नम्रतापूर्वक बोला, "हां।"

"राजू, आजकल उस घर में तुम आते-जाते नहीं क्या?"

"जाता क्यों नहीं नई मां! हां, इधर पन्द्रह-बीस दिन से कुछ झंझटों में ..."

नई मां बोली, "जानते हो, रेणु का ब्याह हो रहा है। आज उसका वाग्दान हो गया। किन्तु तुम्हें यह ब्याह रोकना होगा। वर का दादा पागल होकर मरा था, एक बुआ भी पागल है; बाप यद्यपि पागल नहीं है किन्तु पागल होना ही अच्छा होता। बांध-बूंधकर उसे एक जगह पड़ा तो रहने देते।"

"कैसा सर्वनाश है! मालिक ने क्या इन बातों का पता नहीं लगाया?"

स्त्री ने कहा, "मालिक को तो जानते ही हो। लड़का रूपवान् है, पढ़ा-लिखा है, इसके अतिरिक्त उन लोगों के पास बहुत पैसा है। घटक (विवाह तय कराने वाले बिचौलिया) ने रिश्ते की बात चलाई, उसकी बात पर उन्होंने विश्वास कर लिया। फिर उन्हें मालूम ही होकर क्या होगा? सब कुछ जानकर भी वे समझ न पाएंगे कि इसमें डरने की क्या बात है।"

राखाल ने उदास होकर कहा, "तब?"

महिला ने कहा, "राजू, तुम्हें एक बार लड़के के मामा के पास बाग

बाजार जाना होगा। सुना है, वही उस पक्ष के कर्ता-धर्ता हैं। उन्हें लड़की की मां का इतिहास बताकर मना करना होगा। इससे काम बन जाएगा। न बनेगा तो फिर मेरा जिम्मा। मैं रात के ग्यारह के बाद फिर आऊंगी, इस समय जाती हूं।" कहकर वे उठ खड़ी हुईं।

राखाल ने व्याकुल होकर कहा, "किन्तु वह सब बात प्रकट कर देने पर फिर रेणु का ब्याह न होगा, नई मां!"

"न हो तो वह भी इससे अच्छा।"

राखाल ने फिर कुछ नहीं कहा। राखाल और उसकी देखा-देखी तारक ने भी माथा टेक कर प्रणाम किया। महिला जाते-जाते बोली, "तारक, तुम राजू के मित्र हो। यदि कोई हानि न हो तो दो-एक दिन तुम न जाओ। मेरा अनुरोध है।" कहकर महिला चली गई।

दो

राखाल ने कपड़े उतार दिए। तारक ने पूछा, "क्यों, जाओगे नहीं?"

"नहीं, किन्तु तुम आज ही बर्दवान जाओगे?"

"नहीं, देखूंगा क्या करते हो। स्वेच्छा से न करोगे तो बलपूर्वक कराऊंगा।"

"चाय की केतली फिर एक बार चढ़ा दूं? क्या कहते हो?"

"चढ़ा दो।"

"कहो तो नाश्ते के लिए कुछ खरीद लाऊं?"

"मंजूर है।"

"तो तुम पानी रख दो; मैं दुकान जा रहा हूं।" इतना कहकर राखाल बाहर चला गया। गली की मोड़ पर ही हलवाई की दुकान है, नकद पैसा देने की जरूरत नहीं पड़ती, उधार चलता है।

नाश्ता करने के बाद, बत्ती जलाकर और चाय के प्याले लेकर दोनों मित्र टेबल के पास बैठे। तारक के प्रश्न के उत्तर में राखाल ने कहा, "तब मेरी उम्र दस-ग्यारह की होगी। 4-5 दिन पूर्व पिता हैजे से मर गए। लोगों ने कहा, 'बाबू लोगों की मंझली बेटी सविता बाप के घर दुर्गापूजा देखने आई है। तू जाकर उसे पकड़।' बाबुओं का बूढ़ा गुमाश्ता मुझे साथ अन्त:पुर में ले गया और बोला, 'मंझली बेटी! यह ब्राह्मण बालक तुम्हारा नाम सुनकर भीख मांगने आया है। सहसा बाप मर गया, आसपास कोई ऐसा नहीं जो इस संकट से उसे उबार ले।' उन्होंने पूछा, 'तुम्हारा कोई नहीं है?' मैंने कहा, 'मौसी हैं किन्तु मैंने उन्हें कभी देखा नहीं।' पूछा, 'श्राद्ध में कितना खर्च होगा?' मैं बोला, 'पुरोहित कहते हैं पचास लगेंगे।' चुपचाप गयीं और आकर मेरे दुपट्टे में दस-दस के पांच नोट बांध दिए। फिर नाम पूछा और बोलीं, 'मेरे साथ चलोगे बेटा? मेरे ससुराल में अच्छा स्कूल-कालिज है, तुम्हें कोई कष्ट न होगा।' बूढ़े गुमाश्ते ने कहा, 'जाएगा क्यों नहीं? ऐसा भाग्य और कहां पाएगा?' श्राद्ध के बाद उनके साथ उनके स्वामी के घर जाकर आश्रय लिया। दूसरी पत्नी होने के कारण सभी उन्हें नई मां कहते थे। मैं भी वही कहने लगा। सास-ससुर नहीं थे किन्तु सगे-संबंधी बहुत थे। आर्थिक दशा अच्छी थी। वे घर की गृहिणी नहीं, स्वामिनी थीं। जो करतीं वही होता। स्वामी की उम्र ज्यादा थी। बाल सफेद हो चले थे, किन्तु स्वभाव बच्चों-सा सरल था। ऐसे मृदु स्वभाव का आदमी मैंने कहीं नहीं देखा। मुझे पुत्र की भांति ग्रहण किया। देश में जमीन-जायदाद, खेती, बारी थी, छोटे-मोटे तालुके भी थे और कलकत्ता में कार-बार भी चलता था। पर वे प्राय: घर ही रहते थे। आधा दिन पूजा-उपासना में जाता था। मैं वहां स्कूल में भर्ती हुआ; घर में पढ़ाने के लिए मास्टर रखा गया। कपड़े-लत्ते किसी चीज की कमी न थी। जैसे मैं इसी घर का लड़का होऊं। सब भूल गए कि नई मां एक अनाथ लड़के को साथ लाई हैं। तारक, वैसे सुख के दिन जीवन में फिर कभी न आएंगे।"

तारक ने कहा, "फिर?"

राखाल बोला, "उसी तरह बहुत दिन बीत गए थे। मैट्रिक पास करके इंटर में भर्ती हुआ। तभी एक दिन अकस्मात् भूचाल आ गया; सब कुछ उलट-पुलट गया। कहीं कुछ शेष न रहा। मैंने आज तक किसी से यह बात नहीं कही; नहीं जानता कि आज भी कहना उचित है या नहीं किन्तु छाती में एक आंधी-सी उठती रहती है। तारक, मैंने अपनी मां को कभी आंखों से नहीं देखा था; मां कहते ही मुझे नई मां की याद आती है। यही हैं वे मेरी नई मां।" कहते-कहते उसका गला रुंध गया और आंखों से आंसू टपकने लगे।

कुछ देर बाद आंखें पोंछकर बोला, "बारह-तेरह साल पहले की बात कहता हूं। उन दिनों उन लोगों के एक आत्मीय प्रायः उनके यहां आया करते थे। कभी-कभी सप्ताह-दो सप्ताह तक भी ठहर जाते थे। उनके साथ खानसामा, नौकर, दरबान भी आते थे। फल-मूल, मिष्टान्न भी भारी परिमाण में आता था। तीज-त्यौहार पर उपहारों का अंबार लग जाता। उनके साथ नई मां का परिहास का कुछ नाता लगता था। घर में उनका बड़ा आदर-सत्कार होता था। धीरे-धीरे घर की स्त्रियों को कुछ संदेह होने लगा। बात ब्रज बाबू के कान तक पहुंची किन्तु अविश्वास करना तो दूर, उलटे वे नाराज हुए। वे इतने सरलहृदय थे कि उनके लिए किसी के कलंक पर विश्वास करना ही कठिन था।

"बात आई-गई हो गई; दिन बीतते गए। किन्तु पोष्य परिजनों के मन में विष घर कर गया। वे पीछे लग गए। मेरी तरह नई मां एक बुआ को भी लाई थीं; वे बदला लेने को अधीर हो गयीं। षड्यंत्र चलने लगा। एक दिन रात को कोलाहल सुनकर मैं जाग गया; बाहर आया। देखा, सामने के कमरे में बाहर से सांकल लगा दी गई हैं; आंगन में बहुत-सी लालटेनें जमा हैं, बरामदे में एक ओर ब्रज बाबू सिर नीचा किए स्तब्ध बैठे हैं और उनके चचेरे छोटे भाई नवीन बाबू सांकल खोल दरवाजे पर धक्के दे रहे हैं और कह रहे हैं, 'रमणी बाबू, दरवाजा खोलकर बाहर आ जाओ, हम कमरा देखेंगे।' यह नवीन बाबू खुद ब्रजबाबू की कलकत्ता की आढ़त

से 20-21 हजार उड़ाकर चम्पत हो गए थे और अब यहां आ बैठे थे। घर की स्त्रियां आसपास खड़ी थीं। क्षण-भर में ही मैं सब समझ गया। मुझे चक्कर आने लगे। इसी समय दरवाजा खोलकर रमणी बाबू का हाथ पकड़े नई मां निकल आई और बोलीं, 'कोई इन्हें हाथ न लगाना। हम इस घर से अभी चले जाते हैं।'

जैसे सहसा वज्रपात हो गया। सब लोग लज्जा से मर गए। नई मां और रमणी बाबू जब सदर दरवाजे के बाहर चले गए तब ब्रज बाबू फफककर रो पड़े। बोले, "नई बहू, तुम्हारी रेणु तो रह गई। कल मैं उसे क्या कहकर सांत्वना दूंगा? नई मां ने कुछ नहीं कहा, चुपचाप चली गयीं। उस समय रेणु तीन साल की थी, आज सोलह की है। इन तेरह वर्षों के बाद आज अकस्मात् नई मां ने दर्शन दिए, अपनी बेटी की रक्षा के लिए... तुमने कभी ऐसी बात सुनी है?"

"सुनी तो नहीं किन्तु किताब में पढ़ी है। इसमें मुझे एक अंग्रेजी उपन्यास का आभास मिलता है। आशा करता हूं कि इस घटना का अन्त उसके समान नहीं होगा।"

"जान पड़ता है, नई मां पर तुम्हारे अंदर घृणा पैदा हुई है।"

"यदि पैदा हुई तो वही स्वाभाविक है राखाल!" जवाब सुनकर राखाल का मन शांत नहीं हुआ, लगा जैसे किसी ने उस पर चोट की हो। बोला, "इसके बाद देश में रहना नहीं हो सका। ब्रज बाबू ने कलकत्ता आकर पुनः विवाह किया और तब से यहीं हैं।"

"और तुम?"

"मैं भी साथ ही आया। बुआ जी ने मेरी बड़ी शिकायत की, निकाल बाहर करने का प्रस्ताव किया। ब्रज बाबू शांत मनुष्य थे किन्तु बुआ से उन्होंने कह दिया, 'वह तो अभी बच्चा है; हां, तुम अपने लिए कहीं और व्यवस्था कर लो।' ... मैं कलकत्ता में प्राय: दस साल तक ब्रजबाबू के यहां रहा। फिर सुविधा न होने के कारण चला आया।"

"किन्तु नई मां तुम्हें जो काम सौंप गई हैं उसका क्या होगा! तुम्हें

जाना ही पड़ेगा।"

"मेरे जाने से कुछ न होगा, तारक। उस घर में ब्रज बाबू के तीसरे ब्याह के साले का बड़ा प्रभाव है। बुआ मुझे नहीं हटा सकीं किन्तु इन महाशय की आंख के एक इशारे से ही मुझे वहां से विदा हो जाना पड़ा। नहीं तारक, मैं सीधा-सादा आदमी, किसी तरह गुजर कर लेता हूं, मैं उनकी लड़ाई में न पड़ूंगा। ... बहनोई की कन्या के विवाह की चिंता साले को व्याकुल किए हुए है। इस लड़के की खोज भी उनकी ही है। जब लगन तक चढ़ गया है तो ब्याह जरूर होगा।"

तारक बोला, "उधर के मामा को कन्या की मां की बात सुनते ही बात चारों ओर फैल जाएगी। परिणामस्वरूप लड़की का ब्याह फिर किसी अच्छे घर में न हो सकेगा।"

"ऐसा ही जान पड़ता है।"

"किन्तु लड़की के पिता तो जीवित हैं?"

"पिता नहीं जीवित है, ब्रज बाबू जीवित हैं।"

"चलो न, एक बार चलकर देख आवें। ब्याह बंद करने में तुम्हारी सहायता करने की मेरी इच्छा है। और कुछ नहीं, तो इस मामा को ही एक बार देख लूंगा और किस्मत अच्छी रही तो ब्रज बाबू की तीसरी पत्नी के भी शायद दर्शन हो जाएं..."

इसके बाद दोनों मित्र ब्रज बाबू के यहां जाने को उठ खड़े हुए।

तीन

ब्रज बाबू घर में थे नहीं, कहीं निमंत्रण में गए थे। मामा की तबीयत कुछ खराब थी इसलिए भोजनादि से निपटकर वे जल्दी ही सो गए थे। राखाल ब्रज बाबू की पत्नी से मिलने अंदर गया; उन्होंने इस बात पर आश्चर्य प्रकट किया कि राखाल अब तक उन्हें नहीं भूला। एकांत

पाकर रेणु भी इसी तरह उलाहना दे गई। चलते समय तारक ने रेणु से कहा, "अपने बाबू से कह देना कि हम कल शाम को फिर आएंगे।" रेणु ने कहा, "अच्छा, किन्तु नौकरों से भी कह जाओ।" राखाल ब्रज बाबू के खास नौकर से कह आया था।

वहां से घूमते-फिरते डेरे पर आया तो राखाल ने देखा कि दरवाजे के कुंडी में एक पुर्जा बंधा है। खोलकर देखा, लिखा था, "आज भेंट नहीं हुई, कल तीसरे पहर फिर आऊंगी। न. मां"

आज दोनों मित्र उसी प्रतीक्षा में थे। चाय पीकर, सब धो-पोंछकर दोनों प्रतीक्षा करने लगे। तारक ने कहा, "सचमुच तुम्हारी नई मां असाधारण स्त्री हैं। नारी का ऐसा इतिहास केवल पुस्तकों में पढ़ा है, आंखों से नहीं देखा। जिन्हें सदा देखता आया वे भली हैं। सती-साध्वी हैं किन्तु यह तो..." बात पूरी होने के पहले ही आवाज आई, "राजू, मैं अंदर आ सकती हूं बेटा?" दोनों मित्र हड़बड़ाकर उठ खड़े हुए। राखाल ने द्वार पर आकर प्रणाम किया, बोला, "आइए।" तारक ने भी उसी तरह प्रणाम किया। सबके बैठ जाने पर राखाल ने कहा, "कल की यात्रा निष्फल हुई। काका (ब्रज) बाबू घर पर थे नहीं, मामा अस्वस्थ होने के कारण जल्दी सो गए थे।"

"तो क्या किसी से भेंट नहीं हुई?"

"हुई थी। मालकिन ने मुझे देख आश्चर्य प्रकट किया। रेणु ने भी अकेले में उलाहना दिया।" फिर राखाल ने जो कुछ हुआ था, बता दिया।

"देखने में रेणु कैसी है राजू?"

राजू कृत्रिम क्रोध से बोला, "यह पूछना निरर्थक ही नहीं, अन्याय भी है। क्या तुम नहीं जानतीं कि नई मां की कन्या देखने में कैसी होनी चाहिए? हां, रंग कुछ बाप से मिलता है।" लड़की की चर्चा से नई मां की आंखें भर आयीं। इस चर्चा से तारक ने नई मां की ओर भली भांति देखा, "रंग सचमुच स्वर्णचम्पा जैसा है; छरहरे शरीर में शोभा की सीमा नहीं है; प्रच्छन्न मर्यादा से शरीर पूर्ण है। सबसे बड़ी बात यह है

कि कण्ठ-स्वर अद्भुत है, उसमें अद्भुत माधुर्य है।"

नई मां ने कहा, "राजू क्या तुम यह ब्याह बंद करा सकोगे? क्या काका बाबू कुछ न देखें-सुनेंगे?"

अब तो उनके अपने कान-आंख हैं नहीं मां; वे तो मामा जी की आंखों से देखते हैं, नई मालकिन के कानों सुनते हैं और यह ब्याह इन्हीं लोगों ने तय किया है। मालिक तो बस गोविन्द जी की सेवा-पूजा में ही लगे रहते हैं। जमीन-जायदाद, कारबार भी वे ही लोग देखते हैं।" इसी समय सुनाई पड़ा कि बाहर कोई पूछ रहा है, "ओ लड़के! इसी मकान में राजू बाबू रहते हैं?" लड़का कहता है, "नहीं, इसमें राखाल बाबू रहते हैं।" " तो उन्हीं को पूछ रहा हूं" कहकर दरवाजा ठेल वह अंदर आ गया, "राजू हो? अरे, यह बैठा तो है राजू।" राखाल को देखकर वे आंगन में आ गए, बोले, "वाह, घर तो अच्छा है।" अकस्मात् अलमारी की आड़ में किसी महिला को देख परेशान हो दरवाजे तक लौट आए और ध्यान से देखकर बोले, "नई बहू हैं?" राखाल का चेहरा मुर्दे की तरह फक हो गया। आगन्तुक यह सब देखकर बोले, "बात क्या है? तुम लोग इतने आतंकित क्यों हो गए? नई बहू ही तो हैं न!"

महिला कुर्सी से उठ खड़ी हुई और धरती पर माथा टेककर प्रणाम किया, फिर एक ओर हटकर खड़ी होती बोली, "हां, मैं नई बहू ही हूं।" "बैठो-बैठो, अच्छी तो हो?" कहकर आगन्तुक कुर्सी खींचकर बैठ गए। बोले, "नई बहू, मेरे राजू का मुंह तो देखो। उसने सोचा होगा कि मैं तुम्हें देखते ही ललकार कर युद्ध छेड़ दूंगा और उसके घर की सब चीजें नष्ट हो जाएंगी।" उनकी बात के ढंग पर सभी हंस पड़े। अब तारक ने समझा कि यही ब्रज बाबू हैं। ब्रज बाबू ने फिर कहा, "खड़ी न रहो नई बहू, बैठ जाओ।" नई बहू के बैठ जाने पर ब्रज बाबू कहने लगे, "परसों रेणु का ब्याह है। लड़का स्वस्थ, सुंदर है, पढ़ रहा है। जाने-पहचाने घर का है। सम्पत्ति भी कम नहीं है। कलकत्ता नगर में भी 4-5 मकान हैं। नजदीक ही रहता है, जब इच्छा हो लड़की-दामाद को देखा

जा सकता है। लगता तो यही है कि ब्याह सब तरह से अच्छा रहेगा। ऐसा लड़का खोज लेना मेरे बस की बात न थी; सब गोविन्द जी की कृपा है।" कन्या के सुख-सौभाग्य की कल्पना से उनका मुंह चमक उठा। कुछ रुककर बोले, "हमारे राखालराज को पत्र से तो निमंत्रण दिया नहीं जा सकता, स्वयं ही जाकर पकड़ लाना पड़ता है। इसके सिवा करने-कराने वाला मेरे हैं ही कौन? कल लौटने पर जब सुना राजू आया है, तब सोचा चाहे जैसे हो मुझे ही उसका डेरा खोजकर अपनी त्रुटि का संशोधन कर लेना चाहिए। इसीलिए दोपहरी में ही निकल पड़ा और मेरे सभी कार्य आज सिद्ध हो गए।"

नई मां ने राजू से कहा, "तुम जिस काम के लिए कल गए थे वह इनसे कहते क्यों नहीं?"

राखाल कुछ देर इधर-उधर करने के बाद बोला, "काका बाबू, रेणु का ब्याह तो वहां किसी तरह नहीं हो सकता।" फिर कारण बताया।

"तुमसे यह किसने कहा?"

"नई मां ने।"

ब्रज बाबू ने पूछा, "नई बहू, यह बात क्या सच है?"

नई मां ने सिर हिलाकर बताया कि सच है।

बहुत देर तक चिन्ता करने के बाद ब्रज बाबू बोले, "फिर भी ब्याह रुक नहीं सकता। लगन तक चढ़ गई है। परसों ब्याह है। एक दिन में मैं दूसरा लड़का कहां पाऊंगा?"

नई बहू ने कहा, "तुमने स्वयं तो लड़का खोजा नहीं मंझले बाबू। तब जिन्होंने खोजा है उन्हें ही हुक्म दो।"

"पर वे सुनने क्यों लगे? तुम तो जानती हो नई बहू, कि मैं हुक्म देना जानता ही नहीं और इसी से मेरी कोई सुनता नहीं। वे तो पराये ठहरे पर क्या तुम्हीं ने कभी मेरी बात सुनी है, सच बताओ तो।"

नई मां गम्भीर लज्जा से सिर झुकाकर रह गई। ब्रज बाबू ने सिर हिलाकर मानो अपने से ही कहा, "असंभव है।" राखाल ने पूछा, "असंभव

क्यों काका बाबू?"

"असंभव होने से ही असंभव है राजू। नई बहू नहीं जानतीं, जान ही कैसे सकती हैं किन्तु तुम तो जानते हो।" और ब्रज बाबू की आंखों में निराशा फूट पड़ी।

नई बहू ने सिर उठाकर कहा, "नई बहू नहीं जानती तो उसे समझाकर जनाओ न मंझले बाबू, कि असंभव किसलिए है? रेणु के मां नहीं है, उसके बाप ने जिससे विवाह किया है उसका भाई एक पागल के हाथ लड़की को सौंप देना चाहता है, इसी से यह असंभव है। क्या तुम्हारा अन्तिम उत्तर यही है कि यह ब्याह किसी तरह नहीं रोका जा सकता?"

घर में स्निग्ध हास-परिहास के स्थान पर वर्षाकालीन अमावस का अंधकार घिर आया। राखाल व्यस्त होकर उठ खड़ा हुआ, बोला, "मां, बहुत देर से तुमने पान नहीं खाया, आओ तारक, जरा पान ले आएं।" यह कह मित्र का हाथ पकड़ वह बाहर निकल गया। अब एकान्त घर में ब्रज बाबू और नई बहू आमने-सामने बैठे संकोच के मारे मर-से गए। स्वामी एवं पत्नी का निकटतम संबंध ऐसा लज्जाकर हो सकता है, सूनेपन में दोनों ने इसे साफ अनुभव किया। नई बहू बोली, "मंझले बाबू, मुझे तुम क्षमा कर दो। इस संसार में कोई और मेरा अपराध क्षमा नहीं कर सकता किन्तु तुम कर सकते हो।" और कहते-कहते उनकी आंखों से आंसू ढुलक पड़े।

ब्रज बाबू ने कुछ देर चुप रहकर कहा, "नई बहू, तुम क्षमा नहीं कर सकतीं?" नई बहू आंचल से आंखें पोंछकर बोली, "हम स्त्रियां तो क्षमा कर ही सकती हैं मंझले बाबू। धरती पर कौन ऐसी स्त्री है जिसे पति का ऐसा अपराध क्षमा नहीं करना पड़ता? किन्तु मैं तुलना न करूंगी। मैंने सौभाग्यवश ऐसा पति पाया था जो देह और मन दोनों से निष्पाप और सम्पूर्ण संदेह से परे था। मैं कैसे तुम्हें इस प्रश्न का उत्तर दूंगी?"

"किन्तु मेरी क्षमा लेकर करोगी क्या?"

"जब तक जीवित रहूंगी, सिर-आंखों पर रखूंगी। मुझे क्या तुम भूल

गए हो मंझले बाबू?"

"तुम्हें कैसा लगता है, नई बहू?"

प्रश्न का उत्तर नहीं। दोनों सिर झुकाए चुप बैठे हैं। कुछ देर बाद ब्रज बाबू ने कहा, "क्षमा न मांगना नई बहू। यह मुझसे न हो सकेगा। जब तक जिऊंगा तुम पर मेरा यह अभिमानभाव न जाएगा। फिर भी तुम्हारा कष्ट न बढ़े इसलिए मैंने कभी तुम्हें शाप नहीं दिया। पर मेरी ऐसी बात पर तुम विश्वास कर सकती हो नई बहू?"

नई बहू ने सिर झुकाए-झुकाए कहा, "कर सकती हूं।"

"तब उसके लिए अब दुःख न करूंगा। उस दिन सभी ने मुझे अंधा, अबोध कहा; भला दिखाने पर भी जो देख नहीं सकता उसकी ऐसी दुर्दशा क्यों न होगी? किन्तु दुर्दशा होने से ही अपने को अंधा मान लेना होगा नई बहू? मैं जानता हूं, भाई ने मुझे ठगा है मित्रों ने ठगा है, आत्मीय-स्वजन, दास-दासी, बहुतों ने ठगा है। किन्तु जब सब कुछ जाने वाला था उस घोर दुर्दिन में ही तो तुम्हें ब्याह कर घर लाया था। तुम आईं और एक-एक कर सब रोका, समस्त हानि की पूर्ति हो गई। उन्हीं तुम पर अविश्वास नहीं कर सका, क्या इसलिए मैं अंधा हूं? और जिन्होंने षड्यंत्र रचकर, बाहरी आदमी एकत्र कर तुम्हें नीचे खींच घर के बाहर निकाल दिया, वे आंखों वाले हैं? उनकी गंदी बातें नहीं सुनीं इसी से आज मेरी दुर्गति हो रही है? मेरे दुःख का क्या यही सच्चा इतिहास है, तुम्हीं बताओ, नई बहू?"

नई बहू न जाने कब से स्वामी के मुंह पर आंखें गड़ाए देख रही थीं, बात रुकते ही उन्होंने सिर झुका लिया। ब्रज बाबू बोले, "तुम क्या केवल मेरी पत्नी थीं? तुम थीं घर की लक्ष्मी, सम्पूर्ण परिवार की स्वामिनी, मेरे सब आत्मीयों से अधिक आत्मीय, सब मित्रों से अधिक मित्र। तुमसे अधिक श्रद्धा-भक्ति मुझ पर कब किसने की है? किन्तु एक बात का जवाब बहुत सोचकर भी नहीं पाता नई बहू? आज संयोगवश तुम्हें पा गया हूं, बताओ उस दिन क्या हुआ था? इतनी आत्मीया होकर भी क्या

तुम सचमुच मुझे प्यार नहीं कर सकीं? यदि सच-सच उत्तर दोगी तो मुझे कदाचित् आज भी मन में शान्ति प्राप्त हो जाएगी। बताओगी?"

"आज नहीं मंझले बाबू!"

"तब कब? यदि भेंट न हुई तो क्या पत्र लिखकर बताओगी?"

"नहीं मंझले बाबू, मैं तुम्हें पत्र भी न लिखूंगी, और मुंह से भी न कहूंगी। जिन दिन मैं स्वयं जान सकूंगी, तुम भी जानोगे। आज आशीर्वाद दो कि एक दिन तुम्हें समझा सकूं।"

इसी समय राखाल ने आवाज देते हुए प्रवेश किया और डिब्बे-भर गिलोरियां सामने रख दीं। नई बहू ने संकेत से स्वामी को देने को कहा। ब्रज बाबू बोले, "मैंने तेरह साल से पान खाना छोड़ दिया है, मैं न खा सकूंगा।" कोई पान मुंह में न डाल सका।

ब्रज बाबू ने कहा, "नई बहू, अपने गले का हार क्या तुमने भट्टाचार्य महाशय की छोटी लड़की को देने को कहा था? वह मांगती है, दे दूं?"

"हां, दे देना।"

"तुम्हारा जो रुपया व्यवसाय में लगा हुआ था वह मूल एवं ब्याज लेकर लगभग पचास हजार हो चुका है, वह निकालकर तुम्हें भेज दूं? मैं अब बूढ़ा हो गया हूं। सोचता हूं, सब कारबार उठा दूं। और देखो नई बहू, सोनापुर का कुछ अंश क्या भैया के बच्चों के लिए छोड़ देना उचित होगा?"

"उन लोगों के पास तो कुछ नहीं है सब दे दो।"

"सब?"

"हां, हर्ज क्या है?"

"अच्छा, यही होगा।... तुम्हारे गहने क्या बक्स में ही पड़े रहेंगे? बनवाए परन्तु पहने कभी नहीं। वे सब तुम्हें भेज दूं?"

नई बहू ने सिर झुका लिया। टेबल पर टप-टप आंसू टपकने लगे।

ब्रज बाबू ने घबड़ाकर कहा, "रहने दो, रहने दो। तुम्हारी रेणु पहनेगी।" फिर घड़ी की ओर देखकर कहा, "शाम हो रही है, अब चलता

हूं।" राखाल को मालूम था कि वे संध्या तथा गोविंद जी की पूजा आदि निश्चित समय पर करते हैं, किसी भी कारण समय का व्यतिक्रम नहीं होता, किन्तु नई बहू को यह नहीं मालूम था, उन्होंने आंचल से आंसू पोंछकर कहा, "रेणु के विवाह की बात तो खत्म हुई नहीं मंझले बाबू?" मंझले बाबू बोले, "जब तुम्हारी इच्छा नहीं है तो उस घर में नहीं होगा। किन्तु ब्याह तो रुक नहीं सकता, कोई और सुपात्र मिलना चाहिए। राजू, तुम बहुत-से घरों में आते-जाते हो, कोई लड़का क्या ठीक नहीं कर सकते? ऐसी लड़की तो सहज में किसी को मिलेगी नहीं।"

नई बहू ने पूछा, "इतनी हड़बड़ी क्यों मंझले बाबू?" ब्रज बाबू ने सिर हिलाकर कहा, "यह नहीं हो सकता नई बहू, निर्दिष्ट दिन ब्याह तो करना ही होगा; देशाचार को मैं अमान्य नहीं कर सकता। फिर उससे और भी अमंगल की संभावना है।"

"किन्तु इस बीच यदि सुपात्र न मिले?"

"पाना ही होगा।"

"किन्तु न पाने पर? पागल के बदले क्या बंदर के हाथ में लड़की पकड़ा दोगे?"

"यह तो लड़की के भाग्य की बात है।"

"इससे अच्छा तो यह होगा कि हाथ-पांव बांधकर पानी में फेंक दो। यही तो कर रहे थे।"

राखाल बीच में बोला "मामा झगड़ने का डर है काका बाबू?"

"हेमन्त का स्वभाव तो तुम जानते हो राजू, वह सहज ही न छोड़ेगा।"

नई बहू ने गुस्से से कहा, "लड़की तुम्हारी है; जहां इच्छा होगी ब्याहोगे, न इच्छा होगी न ब्याहोगे। इसमें हेमन्त बाबू की बाधा तुम क्यों मानोगे? तम्हें कोई लडका नहीं, दो लड़कियां भर हैं। उन्हें जो सम्पत्ति मिलेगी उसके कारण खोजने पर कलकत्ता में सुपात्र का अभाव न होगा किन्तु सुपात्र खोजने में समय तो लगेगा। लगन हो जाने के कारण ही तो किसी पागल के हाथ लड़की को नहीं सौंपा जा सकता। हेमन्त बाबू

इसमें दखल देने वाले कौन होते हैं? समझे? क्या कर लेंगे वे?"

राखाल ने कहा, "वह आदमी हाथ तक उठा सकता है।"

"किस पर? मंझले बाबू पर?"

"हां, एक बार धकेल दिया था। पंद्रह-सोलह दिन काका बाबू उठ नहीं पाए।"

नई मां की आंखें धक् से जल उठीं, "फिर भी वह उस घर में बना हुआ है?" क्रोधवश आंखों से अग्निधारा-सी निकलने लगी।

इसी समय किसी ने बाहर के बंद दरवाजे पर थाप दी। राखाल ने किवाड़ खोल दिए। एक घबराए हुए नौकर ने अंदर प्रवेश करके कहा, "मां! जल्द चलिए, बाबू जी बड़े नाराज हो रहे हैं; गाड़ी ले आया हूं" बात मामूली थी किन्तु कदर्यता की सीमा लांघ गई। ब्रज बाबू ने शर्म से मुंह फिरा लिया। नई बहू उठ खड़ी हुई। ब्रज बाबू ने पूछा, "जाती हो?" नई बहू बोलीं, "तुम्हारा बुलाना नहीं है कि कह दूंगी, इस समय मुझे फुर्सत नहीं है। यहां जाना ही होगा। जिस अपनी नई बहू को तुमने कभी कुछ नहीं कहा उसे आज तो देखो कि पहचानी जा सकती है!" ब्रज बाबू एकटक नई बहू की ओर देखते रह गए।

उधर नौकर रंग-ढंग देख डरकर बोला, "मां, आपके नीचे के एक किरायेदार जीवन बाबू की स्त्री ने अफीम खा ली है और मर रही है। इसी से बुलाने आया हूं। नई बहू ने पूछा, "जीवन बाबू कहां हैं?" नौकर बोला, "वे तो आठ-दस दिन से लापता हैं। नौकरी छूट जाने से कहीं भाग गए हैं। बाबू जी पुलिस के भय से दुकान चले गए। तुम्हीं उसका इंतजाम करो मां, पर स्त्री शायद बचेगी नहीं।"

राखाल ने कहा, "मैं साथ चलता हूं मां; जरूरत पड़ सकती है।"

"चलो भैया", कहकर नई बहू ने स्वामी को चरण-धूलि माथे में लगाकर प्रणाम किया और राखाल के साथ रवाना हो गई।

चार

घर पहुंचने पर नई मां ने देखा कि रमणी बाबू घबराए हुए हैं। उनसे ऊपर जाकर चुप बैठने को कह, नई मां राखाल को लेकर घटना स्थल पर पहुंची। नीचे के खण्ड में तीन-चार परिवार रहते हैं। सभी किरायेदार दफ्तरों में काम करने वाले गरीब क्लर्क हैं। जीवन चक्रवर्ती दूसरों की अपेक्षा नया किरायेदार था, दो साल पहले से रहता होगा। उसकी बहू को कोई लड़का-बच्चा न था, इसलिए सभी किरायेदारों के बच्चे उसके पास ही बने रहते थे। सभी लोग उसकी सेवा-परायणता तथा शांत प्रकृति के कारण उसे प्यार करते थे। पति 5-6 माह से बेकार था और अब कई दिनों से लापता है फिर भी उसकी पत्नी अफीम खा सकती है, यह कोई स्वप्न में भी सोच नहीं सकता था। पुलिस के डर से अभी तक कोई उसके पास फटका न था। नई मां ने प्रवेश कर देखा, घर जैसे गरीबी की तस्वीर हो। एक तख्त पर फटे-मैले बिछावन पर वह पड़ी हुई थी, कुछ होश में थी। नई मां ने पास बैठकर करुणार्द्र कंठ से कहा, "ऐसा क्यों किया बेटी, मुझसे सब बातें क्यों न बताईं?" फिर अपने हाथ से उसके आंसू पोंछती बोलीं, "सच बताओ बेटी तुमने कितनी अफीम, कब खाई है?" उसने कोई उत्तर न दिया, एक दूसरी औरत ने कहा, "पैसा तो पास था नहीं, थोड़ी ही खाई होगी।" राखाल ने नाड़ी और पलकों की परीक्षा करके कहा, "डर की बात नहीं; मैं गाड़ी लाता हूं, अस्पताल ले जाऊंगा। नई मां की कृपा से यहां भी डाक्टर आ सकते हैं किन्तु अस्पताल की सुविधा यहां न होगी। ... इनके प्राण बचने पर पुलिस से भी इन्हें बचाया जा सकेगा।"

नई मां की सलाह से राखाल ने उन्हीं की गाड़ी पर उस अर्ध-चेतन स्त्री को लादा और अस्पताल की यात्रा की। रास्ते में उसके मुंह पर दृष्टि पड़ी तो वह चौंक गया। ऐसा सौदर्य, ऐसी सुषमा उसने कभी न देखी

थी—मृत्यु ने जैसे इस नारी को रूप के उस पार पहुंचा दिया है! ... यह कुण्ठितश्री, यह अदृष्टपूर्व माधुर्य। ... वह सोचने लगा कि न जाने किस गरीब मां-बाप की यह बेटी रही होगी ...

अस्पताल में राखाल ने कानून का झगड़ा मिटाने के लिए क्या किया, किसे क्या दिया, यह सब कहने की जरूरत नहीं। जान बच गई 4-5 दिनों बाद राखाल ने कहा, "भाग्य में जो लिखा था वह भोगा, अब आप घर चलिए। यहां अस्पताल के सभ्य सुशिक्षित समाज में आप मिसेज चकरबुटी हो गई हैं। मैं आपका वह अपमान तो कर न सकूंगा किन्तु कुछ न कुछ कहकर पुकारना तो होगा।" लड़की ने सहज कण्ठ से कहा, "मेरा नाम शारदा है किन्तु मैं आपसे बहुत छोटी हूं। मुझे 'आप' कहेंगे तो लज्जा की बात होगी।" राखाल ने कहा, "अच्छा शारदा, अब घर चलो।" लड़की ने पूछा, "मैं आपको क्या कहकर पुकारूंगी?" राखाल ने कहा, "नाम है मेरा राखालराज। नई मां मुझे राजू कहकर पुकारती हैं। उसमें 'बाबू' और जोड़ सकती हो।" लड़की ने कहा, "यह भी कैसी बात? हमारे देश में ब्राह्मण को देवता कहते हैं, मैं भी आपको देवता कहकर पुकारूंगी।"

"अच्छी बात है। यही सही। अब घर चलो।"

कुछ देर चुप रहकर शारदा धीरे से बोली, "पर मैं घर का किराया कहां से दूंगी? पहले ही 3-4 महीने का बाकी है।"

"उसके लिए चिंता नहीं। किराया तुम्हारे पति देंगे। लज्जावश कहीं छिपे होंगे, लौट आएंगे।"

"नहीं, वे न आएंगे। मैं जानती हूं।

"तो फिर ससुर या बाप के घर चली जाना। व्यवस्था मैं कर दूंगा।"

शारदा ने गर्दन हिला दी। राखाल ने कहा, "न ससुराल जाओगी, न मायके। पर अस्पताल में तो रह नहीं सकतीं। कहीं न कहीं तो जाना ही होगा।" कहते-कहते ही देखा कि उसकी धोती आंसुओं से भीग गई है। बोला, "मैंने कुछ अनुचित तो कहा नहीं शारदा।" शारदा ने बड़ी

मुश्किल से कहा, "मैं कुछ सोच नहीं पाती। मुझे मरने भी नहीं दिया।" राखाल सुनकर खीझ गया, बोला, "जो मरना ही चाहता है उसे किसी तरह बचाकर नहीं रखा जा सकता। और सोचने के लिए भी बहुत समय मिलेगा। रहा किराया? सो न दे सको, तो न देना।"

"मुझे कहीं दासी का काम मिल सकता है?"

"मिल सकता है किन्तु तुम अभी छोटी हो, इसलिए गड़बड़ी हो सकती है। किराया कितना है?"

"पहले छः थे, अब तीन हैं।"

"खाने-पहनने में क्या लगता है?"

"तीन-चार रुपये और लगते होंगे।"

राखाल हंसकर बोला, "इससे तो एक समय भी खाने का पूरा न पड़ेगा। अच्छा, क्या तुम बंगला लिख-पढ़ सकती हो?"

"हां, मेरी लिखावट बहुत साफ है।"

राखाल ने प्रसन्न होकर कहा, "तब कोई चिन्ता नहीं। मैं लिखा दूंगा, तुम नकल कर दोगी। मैं तुम्हें 10–15–20 रुपये दिला सकूंगा।" सुनकर लकड़ी का मुंह चमक उठा। बोली, "तो गाड़ी ले आइए। अब मुझे कोई चिन्ता नहीं है।" राखाल गाड़ी में उसे ले गया। नीचे उतर ऊपर नई मां की खोज में जाकर सुना, वे कहीं गई हुई हैं। नीचे गया। शारदा ने कहा, "मेरी कोठरी में बैठिए। मैं मां को प्रणाम कर आऊं।" राखाल ने उसे बताया कि मां घर में नहीं हैं। शारदा ने कहा, "लालटेन जलाकर हाथ-मुंह धोने के लिए पानी लाती हूं। बैठिए, मेरे घर में आपकी चरणधूलि तो पड़े।"

"चरण-धूलि तो पहले ही पड़ चुकी है।"

"जानती हूं किन्तु जब पड़ी थी तब मैं मूर्च्छित थी आज मेरे ज्ञान में पड़े और मैं अपनी आंखों देखूं।"

"अच्छा लालटेन जलाओ परन्तु आज मुझे और काम है।"

लालटेन जलने पर वह अंदर तख्त पर आ बैठा; जेब से कुछ रुपये

निकालकर रख दिए, बोला, "तुम्हारे पारिश्रमिक वास्ते यह पेशगी है शारदा।"

शारदा बोली, "आपके घर में कौन-कौन हैं देवता?"

"यहां मेरा घर नहीं, डेरा है; मैं अकेला रहता हूं।"

"उन लोगों को क्यों नहीं लाते?"

"शहर में लाकर रखना क्या आसान है?"

शारदा इसे अच्छी तरह जानती है। पूछा, "यहां आपका काम कौन कर देता है?"

"नौकरानी जरूरत के सब काम कर देती है। मैं उसे नानी कहता हूं। हां, आज तुम्हारे खाने-पीने का क्या होगा? दुकान से लेकर सामान दे जाऊं?"

"नहीं, आज पड़ोसियों के यहां मेरा न्यौता है। पर आपको तो जाकर अपने लिए रसोई बनाना होगा?"

"नहीं, उसने सब कर रखा होगा।"

"किन्तु दैव संयोग से वह बीमार पड़ जाए तो?"

"तो भी चिन्ता नहीं। मेरे डेरे के पास ही हलवाई की दुकान है; वह मुझे प्यार करता है; कष्ट नहीं होने देता।"

"आपको तो सभी प्यार करते हैं, हां, आपको चाय का बड़ा शौक है। चाय बना लाऊं?"

"यह समय मेरी चाय का नहीं है।"

"तो कुछ खाने को ला दूं? निश्चय ही भूख लगी होगी।"

राखाल ने मना कर दिया। शारदा उदास हो गई। राखाल जिस मां का मुंह छुटपन से भूल-सा गया है वही जैसे आज उसे याद हो आया। आज उसे शारदा में उसी मां का अस्पष्ट मुख दिखाई पड़ने लगा। जी न जाने कैसा करने लगा। चपपट उठकर बोला, "कुछ खयाल न करना शारदा, आज मैं जाता हूं। जिस दिन समय मिलेगा, स्वयं मांगकर चाय पिऊंगा, जलपान करूंगा।" शारदा ने गले में वस्त्र डालकर प्रणाम किया,

बोली, "मुझे लिखने की सामग्री दे जाना किन्तु मुझसे भूलें होंगी। नाराज न होना। नाराज होकर मुझे छोड़ दीजिएगा तो मेरे खड़े होने की दूसरी जगह नहीं है।"

राखाल पैदल ही चल दिया। आज उसे ट्राम की भीड़ में शामिल होना अच्छा नहीं लगा। अपने गुण से वह बहुतेरे प्रतिष्ठित परिवारों का 'अपना आदमी' हो गया था। उसकी सेवा से प्रसन्न होकर स्त्रियों ने, लड़कियों ने, उनके माता-पिताओं ने उसकी प्रशंसा की किन्तु कृतज्ञता का वह पारितोषिक वहीं समाप्त हो गया है। आज की तरह किसी ने उससे कभी नहीं कहा था कि तुम छोड़ दोगे तो मेरे लिए कहीं खड़े होने को भी स्थान नहीं है।

पांच

डेरे पर पहुंचने पर राखाल को दो पत्र मिले। दोनों में ब्याह की बातें थीं। एक ब्रज बाबू ने लिखा है कि सम्प्रति रेणु का विवाह स्थगित रहा, नई बहू तक यह समाचार पहुंचा दिया जाए। इस समय व्यस्त होने के कारण स्वयं न आ सके। आगामी शनिवार को तीसरे पहर आकर सब बातें बताएंगे। दूसरा पत्र जिनके यहां वह पढ़ाता है उनका है। लिखा है, भतीजे का ब्याह दिल्ली में है, रविवार को बारात जाएगी। किन्तु उतनी दूर जाना उनके लिए सम्भव नहीं, इसलिए राखाल को समधी बनकर जाना होगा। तुरन्त बुलाया है।

दूसरे दिन राखाल ने नई मां को जाकर रेणु का विवाह स्थगित होने का समाचार सुनाया। फिर शारदा के यहां गया। वह लिख रही थी। उसने अपना लिखा दिखाया। राखाल ने कभी न सोचा था कि शारदा के अक्षर इतने सुंदर हो सकते हैं। बड़ी प्रशंसा की। कहा, "तुम यत्नपूर्वक लिखना–

पढ़ना सीखो शारदा, इससे तुम्हें जीविका की चिन्ता न रहेगी, उलटे तुम्हीं लोगों को खिला-पिला सकोगी।" सुनकर शारदा का मुख आनंद से उद्भासित हो उठा। राखाल ने दस रुपये का नोट जेब से निकालकर कहा, "यह रख लो। मैं एक मित्र के ब्याह में दिल्ली जा रहा हूं; लौटने में कदाचित् दस-बारह दिन लग जाएं।" शारदा ने कहा, "मुझे रुपयों की आवश्यकता नहीं देवता। जो आप दे गए थे, वही अभी तक खर्च नहीं हुए।" राखाल बोला, "फिर भी रख लो, कोई जरूरत पड़ गई तो किससे मांगोगी? मेरे लिए चिन्ता न करना; जितनी जल्दी हो सकेगा, मैं लौट आऊंगा।"

वहां से वह अपने ट्यूशन के स्थान पर गया। गृहिणी ने सारी जिम्मेदारी उस पर डाल दी। रविवार को रात की गाड़ी से जाने का तय हुआ। मालकिन ने यह भी कहा कि तुम्हारा कोई मित्र साथ जाना चाहे तो ले जा सकते हो। राखाल ने तारक को ले जाने की बात सोची।

शुक्रवार को पोस्ट आफिस जाकर उसने रुपये निकाले। वहां से तारक के यहां जाने के लिए किराये की गाड़ी तय कर रहा था कि डाकिये ने उसे देखकर उसकी एक चिट्ठी थमा दी। चिट्ठी तारक की ही थी; बर्दवान से आई थी। एकाएक चले आने के लिए उसने क्षमा मांगी थी। नई मां और ब्रज बाबू को प्रणाम लिखा था।

दूसरे दिन, तीसरे पहर, राखाल के पास नई मां आ गई।

जब ब्रज बाबू आए तो नई मां ने पास आकर, गले में आंचल डालकर प्रणाम किया और चरणधूलि माथे से लगाई। फिर बोली, "तुम शान्त आदमी हो, किसी का विरोध करना जानते नहीं। मुझे बड़ी चिंता थी कि ब्याह कैसे बंद कर पाओगे।"

ब्रज बाबू ने कहा, "तुम्हारी लड़की और तुम्हीं उसके विषय में बोल नहीं सकती, इसलिए सब भार मेरे ऊपर आ गया। उस दिन मन में आया कि तुम होतीं तो तुम पर सब भार डाल मैं किले के मैदान की किसी बेंच पर रात बिता देता और वे लोग भी समझ सकते कि अत्याचार की

भी एक सीमा होती है।"

राखाल ने देखा कि काका बाबू बहुत थके हुए हैं। पूछा, "सब कुशल तो हैं काका बाबू?" ब्रज बाबू ने कहा, "कुशल जरा भी नहीं है। नई बहू, तुम्हारे रुपये एक साल पूर्व ही कारोबार से निकालकर बैंक में जमा करा दिए थे। अब सब गया उन्हीं रुपयों का भरोसा है।" सविता चुप रही। ब्रज बाबू ने पूछा, "तुमने कुछ कहा नहीं नई बहू?" सविता कुछ देर चुप रहकर बोली, "रुपये तुम्हीं ने दिए थे, तुम्हारे काम में जाना हो तो जाएं। किन्तु मेरे पास तो और कुछ नहीं है।" ब्रज बाबू ने चौंक कर कहा, "ठीक कहती हो; यह दुस्साहस मैं न करूंगा। तुम्हारे रुपये तुम्हें लौटा दूंगा। एक बार कल आ सकोगी?" नई बहू बोलीं, "आने को कहोगे तो आऊंगी।" ब्रज बाबू ने पूछा, "और तुम्हारे गहने?"

"तुम क्या नाराज होकर यह सब कह रहे हो मंझले बाबू?"

"जरा भी नाराज नहीं हूं; सरल चित्त से लौटा देना चाहता हूं? तुम्हारी चीज तुम्हारे ही पास रहे; उसे लादे फिरने की शक्ति अब मुझमें नहीं है। अच्छा, चलता हूं। कल इसी समय आना। मेरे अनुरोध की उपेक्षा न करना नई बहू।" सविता ने चरणस्पर्श कर प्रणाम किया। ब्रज बाबू चले गए।

दूसरे दिन ब्रज बाबू आए और मुहरबंद टिन का बक्स सामने रखकर बोले, "नई बहू, इसमें तुम्हारे सब गहने हैं और यह बावन हजार का चेक है।" कुछ और बातचीत के बाद वे चले गए। जाते समय सविता ने चरणों में माथा रखकर प्रणाम किया। फिर पूछा, "अब कब दर्शन होंगे मंझले बाबू?" ब्रज बाबू ने कहा, "जिस दिन तुम किसी काम के लिए बुलवाओगी।"

"काम तो कोई है नहीं।"

"तब क्यों? केवल देखने के लिए?"

इस प्रश्न का कोई उत्तर नहीं, इसलिए सविता सिर झुकाए बैठी रही।

इसी समय बाहर से राखाल की आवाज आई, "नई मां! आपका ड्राइवर पूछता है कि अब क्या देर है?" ब्रज बाबू बोले, "देर हो गई

नई बहू। तुम्हारा गहनों का बक्स राजू गाड़ी तक पहुंचा आवे; मैं तब तक उसका घर देखता रहूंगा।" कहकर बक्स उन्होंने राजू के हाथ में दे दिया। सविता राखाल के पीछे-पीछे चली गई।

छः

राखाल बारह दिन बाद दिल्ली से लौटा। वहां भी उसने पर्याप्त कीर्ति अर्जित की। वर के रूप में उसे कई लड़कियां भी देखने को मिलीं—स्वस्थ, अवस्थाप्राप्त और आडम्बरशून्य घरों की लड़कियां। राखाल ने काका बाबू और नई मां से सलाह लेने के बाद उत्तर देने का वचन दिया। राखाल को अपना नि:संग जीवन कभी-कभी बहुत चुभता है और कभी मन में आता भी है कि संसार की प्रचुरता और अभाव के बीच क्या उस पर किसी कुमारी की दृष्टि वरमाला पहनाने के लिए नहीं पड़ेगी? किन्तु ऐसी भावना क्षण भर के लिए ही मन में आती है। तुरंत मोह दूर हो जाता है, फिर वह पहले की तरह ही हंसता-बोलता, लड़के पढ़ाता और साहित्य की आलोचना करता है। जैसे दिन बीतते थे, वैसे ही बीतने लगते हैं। संसार में किसी का भार ग्रहण करने की शक्ति उसमें नहीं है; स्त्री, कन्या की नाना प्रकार की जरूरतों की पूर्ति वह कैसे करेगा? किन्तु शारदा ने उसका आश्रय लेते ही आत्मसंशय की जड़ पर कुल्हाड़ी चलाई और उसने उसे अभय देकर कहा कि मैंने तुम्हारा भार लिया। शारदा उस पर विश्वास करके लौटी है और जीने की इच्छा की है। दूसरे ने उस पर जो विश्वास किया उसने राखाल को अपने ऊपर विश्वास करने की शक्ति दी है। प्रवास से लौटने पर उसका यह विश्वास और बढ़ गया है कि वह अक्षम नहीं है, दुर्बल नहीं है, वह भी दूसरों की तरह कुछ कर सकता है। इसी जीवन्त विश्वास के साथ वह पहले शारदा से मिलने

गया। मालूम हुआ, वह ऊपर मालकिन के पास है; सबका वहां निमंत्रण है। ऊपर जाकर देखा, बड़ी धूमधाम है; लोगों को खिलाने का भारी आयोजन है। उसने रमणी बाबू और सविता को प्रणाम करके पूछा, "इतना आयोजन किसलिए है नई मां?" रमणी बाबू ने कहा, "इन्होंने आधे मूल्य में एक बड़ी जायदाद ली है, यह उसी की खुशी की दावत है। देश में रहते समय किसी साले को रुपया उधार दिया था-वह डूबा रुपया इतने दिनों बाद मिल गया। दस हजार कम पड़े तो मुझसे कहा। मैंने कहा–यह, देह, मन, प्राण सभी तो तुम्हारा है।" कहकर ही-ही करके हंस पड़े। इस कुरुचिपूर्ण परिहास पर राखाल ने शर्म से मुंह दूसरी ओर कर लिया।

रमणी बाबू के हट जाने पर सविता ने कहा, "दिन चढ़ आया। यहीं स्नान करके भोजन कर लो; उस समय तुम्हें बड़ी मेहनत करनी है।" राखाल ने कहा, "मेहनत करने को तैयार हूं किन्तु इस समय तो मैं उस घर जाऊंगा। आऊंगा, पर किस समय आऊंगा यह नहीं कह सकता।" सविता ने देखा कि राखाल का भाव बदल गया है। बोलीं, "उन पर क्रोध न करो राजू। उनकी बातचीत ऐसी ही होती है।"

"नहीं मां, एक जानवर पर मैं क्रोध करने ही क्यों लगा?" कहते-कहते राखाल नीचे उतर गया। जिस आदमी ने नई मां का इतना बड़ा कर्ज चुका दिया। उस धर्मप्राण सदाशय व्यक्ति के लिए रमणी बाबू द्वारा ऐसी भाषा का प्रयोग वह क्षमा नहीं कर सका और नई मां का उस पर ध्यान न देना उसे और चुभ गया। फिर नई मां के प्रति ऐसा गंदा परिहास! उसे लगा कि नई मां सचमुच इसी लायक है!

ब्रज बिहारी बाबू के घर पहुंचने पर देखा कि मकान के दरवाजे पर ताला बंद है और वहां एक सूचना चिपकी है कि 'यह मकान भाड़े पर दिया जाएगा।' गली के मोड़ पर नवद्वीप मोदी की बहुत पुरानी दुकान है। उससे पूछने पर मालूम हुआ कि काका बाबू ने कर्ज चुकाने के लिए घर बेच दिया। बहू जी अपनी कन्या के साथ भाई के घर चली गई और ब्रज बाबू ने रेणु के साथ रहने के लिए भाड़े का एक मकान ले लिया। उसने राखाल को वह मकान भी बता

दिया। उस मकान में जाकर कुंडी खटखटाते ही पुरानी दासी फटिक की मां ने दरवाजा खोल दिया और राखाल को देखते ही रो पड़ी। राखाल ने पूछा, "काका बाबू कहां हैं?" दासी बोली, "ऊपर रसोई बना रहे हैं।" राखाल, "महाराज नहीं हैं?" दासी ने कहा, "नहीं।""नौकर?" मधुवा दवा लेने गया है। बिटिया को बुखार आता है। डाक्टर आकर देख जाता है। चार दिन हुए इस मकान में आए; तभी से बुखार में पड़ी है।"

राखाल ने देखा, "टूटा-फूटा मकान है, आंगन में सीलन है। ऊपर जाकर देखा कि बरामदे के एकछोर परलोहे की अंगीठी जलाए हुए ब्रजबाबू पसीना-पसीना हो रहे हैं। साबूदाना तैयार हैं, रसोई भी हो चली है किन्तु हाथ जल गया है, तरकारी जल गयी है, भात लग गया है और उसके जलने की गंध आ रही है। राखाल ने कहा, "जरा आप उठिए तो काका बांबू आप गोविंद जी की सेवा-पूजा में जाइए; तब तक मैं फिर से भात चढ़ा देता हूं। रेणु कहां है?" कहकर उसने बगल के कमरे में जाकर देखा कि रेणु नीचे बिछौने पर पड़ी है। राजू दादा को देखते ही उसकी आंखें छलछला आई। राखाल ने अपने को संभाल कर कहा, "रोती क्यों हो? दो दिन में ठीक हो जाओगी और मैं तो अभी मरा नहीं हूं रेणु, चिंता की क्या बात है? उठो। मुंह-हाथ धोकर धोती बदल चुकी हो?"रेणु के सिर हिलाकर 'हां' करते ही राखाल ने चिल्लाकर कहा, "फटिक की मां, बिटिया रानी को साबूदाना दे जाओ।" उसके आने पर थोड़ा चावल फटकने और कुछ और तैयारी की बात कहकर वह स्नानागार में नीचे चला गया।

स्नानागार में फर्श पर पड़कर राखाल रोने लगा। फिर जल्दी-जल्दी नहाकर रसोई में चला गया। थोड़ी देर में ही रसोई तैयार हो गई। पूजा समाप्त होने पर सबने खाया-पिया। तीन बज गए। रेणु ने कहा, "दादा, तुम्हारी जो बहू होगी वह भाग्यवती होगी। तुमने रसोई बनाने में हम लोगों को भी हरा दिया। बाबू जी से कहकर इस बार मैं निश्चय ही तुम्हारा विवाह करा दूंगी।"

"अच्छा करा देना, पहले अच्छी तो हो ले। पर तुम्हारा बुखार क्यों नहीं छूटता? डाक्टर ने क्या कहा?"

फटिक की मां बोल पड़ी, "डाक्टर तो परसों आए थे, वही दवा चल रही है।" राखाल को समझते देर न लगी कि पिता की आर्थिक दुर्दशा ही इसका कारण है, बोला, "अच्छा बहन, अब जाता हूं कल सुबह आऊंगा। फटिक की मां, इसे कुछ करने न देना।" फिर विनोद डाक्टर के यहां जाकर पूछा, "रेणु का ज्वर अभी तक उतरा क्यों नहीं डाक्टर ?" डाक्टर ने कहा, "उतर तो जाना चाहिए। मैं कल सुबह आकर देखूंगा। तुम आ गए हो अब कोई चिन्ता की बात नहीं रही।"

अपने डेरे पर जाकर राखाल लेट गया। उसका मन टूट गया है। अपनी इधर की निरन्तर व्यवस्था में उसे ध्यान ही न रहा कि ब्रजबाबू की दुर्दशा कितनी गहरी है ! ...

राखाल नई मां के घर पहुंचा तब शाम हो चुकी थी; मकान बिजली के लट्टूओं से सुशोभित था। सामने कितनी ही मोटरें खड़ी थीं; दुमंजिले से वाद्यध्वनि आ रही थी। घर की व्यस्त स्वामिनी ने राखाल से पूछा, "इतनी देर बाद हमारा ख्याल आया भैया ?" राखाल को लगा कि यह तो वह मां नहीं है जिसे कई दिनों से वह देखता रहा है। श्रृंगार-सज्जा ने उन्हें 10 वर्ष पीछे ठेलकर जवान बना दिया है। राखाल ने कहा, "काम से छुट्टी नहीं मिली मां। फिर मेरे न आने से कुछ हानि तो हुई नहीं।" मां ने कहा, "यह तो ठीक है किन्तु पहले ही ऐसा कह जाते तो अच्छा होता।" फिर किसी के बुलाने पर सविता चली गई। लौटने पर देखा कि राखाल वैसे ही खड़ा है। बड़ी मुश्किल से संकोच हटाकर राखाल बोला, "मां ! मुझे आज कुछ रुपये चाहिए।" सविता ने कहा, "रुपये तो नहीं हैं राजू, जो थे जायदाद खरीदने में खर्च हो गए।"

"क्या कुछ भी नहीं है मां ?"

"न होने ही जैसा। पर इस समय तो उन्हें भी ढूंढ़ने का अवसर नहीं है।"

•

शारदा उधर से जा रही थी। सुनकर बोली, "मेरे पास दस हैं; ला दूं ?

मीनू की नानी चीज बंधक रखकर रुपये देती हैं।" राखाल ने कहा, "मुझे ले चलो।"

शारदा लौटकर जब नई मां के आदेश से उनके लिए पान बनाने लगी तो सविता ने कहा, "राजू आज नाराज होकर चला गया। तुमने रुपये दिए ?"

"नहीं मां, मुझसे नहीं लिये। अपनी कीमती हाथ घड़ी रखकर मीनू की नानी से 100 रुपए लिये हैं। कोई लड़की बहुत बीमार है, उसी के इलाज के लिए रुपयों की जरूरत थी। कह रहे थे कि इस लड़की के बाप ने मुझे बचपन में पाला है।" सविता ने आश्चर्यपूर्वक कहा, "राजू को किसने पाला-पोसा है, मैं जानती हूं। उनकी लड़की के इलाज के लिए किसी दूसरे की घड़ी गिरवी रखने की आवश्यकता नहीं हो सकती।" शारदा बोली, "उनकी बात बनावटी नहीं हो सकती मां, क्योंकि कहते समय उनकी आंखों में आंसू आ गए थे। वे कह रहे थे कि उन लोगों के पास बहुत जायदाद थी। व्यवसाय खराब हो गया और देना चुकाने में घर तक बिक गया। दिल्ली जाने के पहले ऐसा नहीं था; आज जाकर देखा तो लड़की बीमार, पास में सेवा करने वाला कोई नहीं; रसोई बनाने में बूढ़े बाप का हाथ जल गया है, तरकारी जल गई है; भात लग गया है। उन्हें फिर से सब बनाना पड़ा, तब सबका खाना-पीना हुआ; इसी से यहां आने में इतनी देर हुई। लड़की के मां नहीं है। मुझसे चलकर सहायता करने को कह रहे थे।" सविता का पान वैसे का वैसा ही हाथ में रह गया। वह उठकर चली गई। 5-7 मिनट बाद लौटी। शरीर पर वे कीमती कपड़े नहीं, गहने नहीं, मुंह मलिन। बोली, "शारदा तुझे मेरे साथ जरा बाहर चलना होगा, राजू के डेरे पर।"

"इतनी रात को मां? मैं कहती हूं, वे नाराज होकर नहीं गए। फिर बहुत से लोग आए हुए हैं, खोज होगी मां!"

"किसी को पता न लगेगा शारदा। हम जाकर लौट आएंगे।"

राखाल के घर जाकर देखा—ताला बंद है। वहां से बहू बाजार के एक बड़े मकान के सामने जाकर गाड़ी से उतरीं देखा—वहां भी ताला

बंद है और उस पर नोटिस लगा है कि 'घर भाड़े के लिए खाली है।" सविता गाड़ी के कोने में पत्थर की तरह बैठ गई। शारदा ने समझा, सचमुच कोई भयानक घटना हो गई है। पूछा, "यही मकान बिक गया है मां?" सविता ने कहा, "हां। "शारदा बोली, "उन लोगों का पता लगाना चाहिए। कल राखाल बाबू मुझे लेने आवेंगे।"

"किन्तु वह न आया तो? हो सकता है कि मेरे घर में पैर न रखें।"

शारदा चुप हो रही किन्तु उसको संदेह हुआ कि इसके भीतर कोई निष्ठर रहस्य है। यह बात तो सभी जान गए थे कि सविता रमणी बाबू की पत्नी नहीं है; वह किसी बड़े घर की बेटी और बड़े घर की बहू-आचरण में बड़ी, हृदय में बड़ी, दया-दाक्षिण्य एवं सौजन्य में और भी बड़ी। इसी से लोग उसे श्रद्धा करते थे और उसका दुर्भाग्य किसी ने उल्लास की वस्तु न था, था परिताप और गहरी लज्जा का विषय। ज्यों ही गली के मोड़ पर घूमी, सड़क की रोशनी सविता के चेहरे पर पड़ी। शारदा ने देखा—जैसे देह में प्राण नहीं हैं, हाथ ठंडे। उसने भयवश हिलाकर पुकारा, "मां" सविता ने कहा, "क्या है बेटी?" फिर गहरी चुप्पी। अंधेरे में भी शारदा को जान पड़ा–आंसू गिर रहे हैं। हाथ लगाकर देखा कि सचमुच आंसू हैं। आंचल से पोंछकर कहा, "मां, मैं आपकी बेटी हूं। मेरा अपना संसार में कोई नहीं। मुझे जो कहेंगी वही करूंगी।" सविता ने उसे खींचकर छाती से लगा लिया। टपटप आंसू शारदा के सिर पर गिरने लगे। इसी तरह दोनों लौट आईं। उस समय भी गाना चल रहा था किसी को मालूम न पड़ा। सविता लेट गई। शारदा उसके सिर पर हाथ फेरने लगी। खान-पान समाप्त हुआ। मेहमान धीरे-धीरे चले गए। पैर पटकते रमणी बाबू ने आकर कहा, "खूब नखरे करती हो अब उठो, अच्छी-सी साड़ी पहन लो। विमल बाबू मिलने आ रहे हैं।"

"मिलना किसलिए? घर की मालकिन से भेंट करने की भी रीति है क्या?"

"रीति नहीं है। घर की स्त्री होती तो कोई भेंट नहीं करना चाहता,

किन्तु वे तो सब जानते हैं।" शारदा के सामने सविता लज्जा से गड़ गई। फिर भी कहा, "मेरी तबीयत ठीक नहीं है। उनसे जाकर कह दो, भेंट न होगी।" इतना सुनना था कि रमणी बाबू पागल-से चिल्लाकर बोले, "जरूर होगी। वह करोड़पति आदमी हैं..." इसी समय द्वार के बाहर जूतों की आवाज सुनकर सविता आंचल खींच पलंग पर बैठ गई। विमल बाबू ने कमरे में प्रवेश कर कुर्सी पर बैठते हुए कहा, "मैंने सुना, आप सहसा अस्वस्थ हो गईं कन्तु मुझे कल ही कानपुर जाना है, कदाचित् लौटना न हो, उधर से ही बंबई होकर सिंगापुर चला जाऊं। इसलिए सोचा, एक बार मिलकर व्यक्त करता जाऊं कि आपके आतिथ्य से बड़ी तृप्ति हुई।" सविता धीरे से बोली, "मेरा सौभाग्य।"

"रमणी बाबू प्रायः अस्वस्थ रहते हैं, आपका शरीर भी अच्छा नहीं रहता, यह आपके एक साल पूर्व के फोटो को देखकर ही कहा जा सकता है। चलिए आप लोग एक बार सिंगापुर। समुद्री हवा से स्वास्थ्य सुधरेगा। रमणी बाबू तो राजी हो गए हैं, केवल आपकी सम्मति चाहिए।" रमणी बाबू बोले, "मैं तो वायदा कर चुका कि अगले सप्ताह हम रवाना हो जाएंगे।" विमल बाबू ने कहा, "ऐसा हो तो हम शायद एक ही जहाज से चल सकेंगे।" फिर सविता की ओर देखकर बोले, "अनुमति हो तो तैयारी करूं, ऑफिस को तार कर दूं?" सविता ने कहा, "नहीं, इस समय मैं कहीं न जा सकूंगी।" सुनकर रमणी बाबू गर्म हो गए। बोले, "दो-एक दिन में लिखा-पढ़ी हो जाएगी। फिर जाने में बाधा क्या है? मेरा स्वास्थ्य ठीक नहीं, मेरी देख-रेख कौन करेगा? विमल बाबू, आप तार दे दीजिए।" विमल बाबू ने सविता की ओर देखकर पूछा, "क्यों तार कर दूं?" सविता ने सिर उठाकर देखा; दोनों की आंखें चार हुई। लजाकर नीची नजर करके कहा, "नहीं, मैं न जा सकूंगी।" रमणी बाबू क्रुद्ध होकर बोले, "मैं जरूर ले जाऊंगा।" विमल बाबू ने खीझकर कहा "कैसे ले जाइएगा, बांधकर?" रमणी बाबू ने कहा, "जरूरत हुई तो वह भी करूंगा?" विमल बाबू बोले, "तो फिर कहीं और ले जाइए; मैं इस

अन्याय का भार न लूंगा।" फिर सविता से बोले, "आप आराम कीजिए। मैं हर मास जवाबी तार से प्रार्थना किया करूंगा; देखें आप कब तक अस्वीकार करती हैं! अच्छा, नमस्कार रमणी बाबू!" कहकर चले गए।

सविता को लगा कि उन्हें सामान्य व्यापारी समझ जो धारणा बनाई थी, वह सत्य नहीं है।

सात

सविता बिना कुछ खाए-पिए पड़ गई। शारदा बत्ती बुझाकर जाने ही वाली थी कि रमणी बाबू आ गए और विमल बाबू के वैभव की लंबी-चौड़ी बातें करने लगे। किन्तु सविता ने पूछा, "लौट क्यों आए? घर क्यों न गए?" रमणी बाबू ने कहा, "आज घर न जाऊंगा?" सविता बोली, "तुम्हारे मुंह से शराब की गंध आ रही है, तुमने शराब पी है?"

"थोड़ी–सी, सबके साथ पीना ही पड़ता है।"

"विमल बाबू ने पी?"

"नहीं, आज चाल चल गया, पर उसकी कीर्ति-कथा मालूम है।"

"अच्छा जाओ, उस कमरे में जाकर सो रहो।"

सविता के कर्कश स्वर से रमणी बाबू गोले की तरह फट पड़े, "देखता हूं आज तुम्हारा मिजाज बहुत गर्म है। इतना बढ़ना अच्छा नहीं है। मैंने जो कह दिया कि तुम मेरी स्त्री नहीं हो, इसी से तुम्हारे बदन में आग लग गई है किन्तु इसे कौन नहीं जानता। झूठी बात कब तक दबी रह सकती है? इसमें मैंने तुम्हारा क्या अपमान कर दिया?" सुनकर सविता उठ बैठी; उसकी दृष्टि बर्छी की भांति तीक्ष्ण हो गई। बोली, "तुम्हारे सिवा दूसरा पुरुष कहने में भी लज्जित होता किन्तु तुमसे कहना व्यर्थ है। तुम्हारी स्त्री होने से मेरी मर्यादा बढ़ती नहीं। तुम क्या समझोगे कि मैं जिनकी स्त्री हूं, उनके चरणों की धूल बराबर भी तुम नहीं हो।"

शारदा ने भयाकुल होकर कहा, "इतनी रात को आप लोग क्या कर रहे हैं? दुहाई है मां! चुप रहो।" किन्तु रमणी बाबू ने चिल्लाकर कहा, "तुम सच कहती हो।" सविता बोली, "तुम खुद नहीं जानते? उस दिन और कौन था जो हम लोगों की रक्षा कर सकता? हमारा शरीर ही नहीं बचाया। इज्जत-आबरू भी बचाई। तुम क्या सोच सकते हो कि कितना महान् होने पर मनुष्य इतनी बड़ी भीख दे सकता है? मैं उन्हीं की स्त्री हूं; जब मैंने उतनी बड़ी क्षति सह ली तो यह जरा-सी क्षति न सह सकूंगी? तुम अक्सर ऐसा कहते हो। बात कानों को खटकती है किन्तु हृदय कहता है कि मेरे लिए यह अच्छा ही है कि यह आदमी मेरा कोई नहीं है।"

"कल ही मैं इसकी उचित व्यवस्था करूंगा," कहकर रमणी बाबू चले गए। आज्ञा लेकर शारदा भी घर गई।

•

भोर ही भोर किसी ने शारदा के द्वार पर थपकी दी। उसने उठकर द्वार खोल दिया। सविता ने पूछा, "राजू के आते ही मुझे सूचित करना शारदा। दरबान ने कहा है कि रात को वह डेरे पर नहीं लौटा, किन्तु तुम्हें लेने तो आवेगा।" शारदा बोली, "कहा तो यही था।" सविता ने कहा, "तो तुम काम-काज से निपट लो पर आते ही मुझे मालूम होना चाहिए। दस बजे फिर पूछ गई। दोपहरी बीती, तीसरा पहर बीता, रात हो गई किन्तु राखाल नहीं आया। तब सविता जाकर बिना एक शब्द बोले शारदा की शय्या पर लोट गई। आंखों से निरंतर आंसू गिरने लगे। शारदा ने पोंछना चाहा पर उसका हाथ हटा दिया। कुछ देर बाद दासी ने आकर सूचना दी कि विमल बाबू मिलने आए हैं। सविता ने कहा, "जाकर कह दे कि बाबू घर में नहीं हैं।" दासी बोली, "यह उन्हें ज्ञात है। पर कहते हैं, बाबू से नहीं आपसे मिलने आए हैं।" सविता की आंखों में क्रोध और खीझ आने पर भी वह अपने को सम्भालकर उठ खड़ी हुई। पन्द्रह मिनट

बाद कपडे बदल कमरे में गई। विमल बाबू नमस्कार करने के बाद बोले, "आपको कष्ट हुआ किन्तु कल आपको अस्वस्थ देख गया था, इससे आज आए बिना नहीं रह सका।"

"अच्छा हूं। आप कानपुर नहीं गए?"

"नहीं, यहां से जाकर सुना मेरे एक चाचा ज्यादा बीमार हैं। बीमार तो बहुत दिनों से थे किन्तु..."

"तब तो कदाचित् कल भी जाना न होगा, बड़ी हानि होगी।"

"हानि कुछ हो सकती है किन्तु मनुष्य क्या केवल धंधे की लाभ-हानि जोड़ने में ही जीवन बिता देगा? रमणी बाबू भी तो रोजगारी हैं किन्तु क्या कारबार के अलावा और कुछ नहीं करते?"

"करते तो हैं परन्तु न करना ही अच्छा होता।"

"कल का क्रोध आज भी शांत नहीं हुआ। कल वे कुछ अप्रकृतिस्थ थे। इसी से जोर-जबर्दस्ती की बातें कर रहे थे। किन्तु मुझसे भी अपराध हुआ, एक बार सिंगापुर जाने की आपकी मनाही करने के बाद बार-बार आपसे कहना अनुचित था। नहीं तो यह होता ही नहीं। आज उसी के लिए क्षमा मांगने आया हूं। आज आप कल से ज्यादा अस्वस्थ हैं, यह मैंने आते ही देख लिया था। चेष्टा करके भी आप छिपा नहीं पाई।"

"अपनी आंखों पर इतना भरोसा करने से ही धोखा होता है विमल बाबू!"

"संसार में जब धोखा खाना ही है तब अपनी आंखों के कारण ठगाया जाना ही अच्छा है।"

सविता का जी ठिकाने नहीं था तब भी आश्चर्य की बात है कि उसके ओठों पर हंसी खिल उठी। यह हंसी मनुष्य की आंखों को सामान्यतः नहीं दिखाई देती, जब दिखाई देती है तब रक्त में ही एक प्रकार का नशा पैदा हो जाता है। विमल बाबू बातचीत भूलकर उसकी ओर ताकने लगे। इस हंसी की भाषा ही अलग है, जैसा भरा हुआ मदिरापात्र शराब के लिए प्यासे शराबी को एक क्षण में विकृत कर दे। उस चितवन का निगूढ़ अर्थ

नारी-दृष्टि से छिपा नहीं रहा। सविता की सारी देह लज्जा की कालिमा में डूब गई। उसे स्मरण आ गया, यह आदमी मुझे स्त्री नहीं, वेश्या समझता है। पर कुछ उत्तर न दे, सविता चुप रही। विमल बाबू बोले, "आज आप सचमुच कल से ज्यादा अस्वस्थ हैं, क्या हुआ है, जान सकता हूं?" सविता, "नहीं।" "अच्छा, डाक्टर से तो कह सकती हैं।" सविता बोली, "नहीं, उससे भी नहीं।" विमल बाबू ने कहा, "यह तो बड़ा अन्याय है। आपके स्वस्थ न होने पर भी मैं बिना कुछ उपाय किए चला जाऊं, यह सहन करना तो बड़ा कठिन है।" फिर दोनों की आंखें मिल गई। विमल बाबू के लालसा प्रदीप्त नयनों में असीम उद्वेग है जो निषेध न मानकर भी डाक्टर बुलाने को आकुल है। और वहां? धन नहीं, सेवा करने वाला नहीं, किसी अज्ञात घर के एक कोने में उसकी संतान रोगशय्या पर पड़ी है। निरुपाय माता का हृदय हाहाकार कर उठा, उसमें अव्यक्त वेदना ही नहीं, लज्जा और दुस्सह पश्चात्ताप भी है। वह बैठ नहीं सकी। उमड़ते आंसुओं को संवरण कर जल्दी से उठ खड़ी हुई। बोली, "आप अब मुझे कष्ट न दीजिए विमल बाबू। मुझे कुछ न चाहिए, मैं ठीक हूं।" कहकर वह नमस्कार करके चली गई।

●

दूसरे दिन दस बजे गाड़ी दूर खड़ी कर एक घर के सामने जा खड़ी हुई। फटिक की मां बाहर जा रही थीं। उससे पूछने पर मालूम हुआ कि वह घर की पुरानी नौकरानी है। तेल लेने जा रही है। बाबू खाना बनाने बैठे हैं। राजू लड़कों को पढ़ाने गया है, आता ही होगा।

"और रेणु कैसी है फटिक की मां?"

"वैसी ही है। ज्वर नहीं हटता मां जी। विनोद डाक्टर देखते हैं, आते ही होंगे। आप कौन मां जी?"

"मैं इन्हीं लोगों के गांव की बहू हूं। कलकत्ता में रहती हूं। सुना,

रेणु बीमार है। देखने आ गई। तुम तेल लेने जाओ।"

सविता ऊपर बरामदे में चली गई, ब्रज बाबू जहां रसोई बना रहे थे, वहीं जाकर खड़ी हो गई। पैर की आहट सुन ब्रज बाबू बिना देखे बोले, "तेल ले आई? पानी खौल रहा है। आलू-परवल एक साथ डाल दूं या परवल पहले!" सविता बोली, "एक साथ चढ़ा दो, कुछ न कुछ बन ही जाएगा।" ब्रज बाबू घूमकर बोले, "अरे नई बहू? कब आई? बैठो, नहीं, धरती पर नहीं, बड़ी धूल है। मैं आसन देता हूं।" कहकर उठ रहे थे कि सविता ने रोककर कहा, "हैं, करते क्या हो? तुम अपने हाथ से उठाकर आसन दोगे तो मैं कैसे बैठूंगी?"

"अब कुछ दोष नहीं है।"

जमीन पर बैठकर सविता बोली, "दोष तब भी था, अब भी है और मृत्यु के बाद भी रहेगा मंझले बाबू। ... पर यह बताओ, रसोइया क्या मिल नहीं रहा है?"

"मिलते हैं पर गले में जनेऊ होने से ही तो उनके हाथ का खाना नहीं खाया जा सकता।"

"मैं इसके लिए किसी को पकड़ लाऊं तो उसे रख लोगे? जिरह तो नहीं करोगे?"

"जरूर रख लूंगा। जिरह भी नहीं करूंगा क्योंकि तुम्हारी जिरह से पास होने के बाद ही तो वह आएगा। तुम बूढ़े ब्राह्मण को धोखा नहीं दे सकती। आदमी को ठगना तुम्हारे स्वभाव में नहीं है।" सविता की आंखें छलछला आईं, उसने उन्हें दूसरी ओर फेर लिया कि ब्रज बाबू न देख लें।

इसी समय साबूदाना, बार्ली, मिश्री, फल आदि लिये राखाल आ गया। चरणधूलि-माथे से लगाकर नई मां को प्रणाम किया। फिर ब्रज बाबू से बोला, "बड़ी देर हो गई। आप पूजा करने जाइए। मैं स्नान करके रसोई पूरी कर लेता हूं।"

ब्रज बाबू उठ खड़े हुए और स्नान के लिए नीचे जा रहे थे कि सविता

सामने आकर बोली, "आज पूजा जल्दी कर लेनी होगी, देर नहीं करनी होगी।" फिर राखाल से कहा, "अपने काका बाबू के लिए थोड़ी मिश्री भिगो दो राजू! कल उनका एकादशी का व्रत था, आज अभी तक मुंह में जल भी नहीं गया।" ब्रज बाबू और राखाल विस्मय से उसे देखने लगे। ब्रज बाबू बोले "यह बात भी तुम्हें याद है नई बहू?"

"इसमें क्या कुछ आश्चर्य है? किन्तु तुम देर न लगा सकोगे। जाओ, शांत होकर पूजन करो।"

कुछ देर बाद वह चुपचाप नीचे उतर गई। ब्रज बाबू स्नान कर रहे थे; स्नानागार का दरवाजा भिड़ा हुआ था। धक्का देते ही खुल गया। सविता ने भीतर जाकर दरवाजा बंद कर लिया। ब्रज बाबू सिटपिटा गए। सविता बोली, "तुमसे बात करनी है।" ब्रज बाबू बोले, "अच्छा-अच्छा, चलो बाहर चलें।" सविता ने कहा, "नहीं, बाहर लोग देख सकते हैं। यहां तुम्हारे सामने मुझे कुछ लज्जा नहीं।... अच्छा बोलो, मैं इस घर से न जाऊं तो तुम मेरा क्या कर सकते हो? तुम्हारे सामने मेरी देह से कोई हाथ नहीं लगा सकता। पुलिस बुलवाकर तुम मुझे पकड़वा सकते नहीं। दूसरे से मेरी शिकायत करना भी असम्भव है। न जाने पर मेरा क्या करोगे?"

ब्रज बाबू ने कहा, "तुम भी क्या मजाक कर रही हो। दरवाजा खोलो, देर हो रही है।" सविता बोली, "मैं मजाक नहीं करती; सत्य कह रही हूं। जब तक उत्तर न दोगे, दरवाजा न खोलूंगी।" ब्रज बाबू ने कहा, "यह तो मजाक भी नहीं, तुम्हारा पागलपन है। पागलपन का भी कोई जवाब होता है?" सविता ने उत्तर दिया, "जवाब नहीं है तो इसी जगह पागल के साथ बंद रहो। दरवाजा नहीं खोलूंगी।"

"लोग भला क्या कहेंगे?"

"जो मन चाहे कहें?"

"अच्छी आफत है। कोई नियम, आचार-विचार ऐसी जबर्दस्ती के आगे टिक नहीं सकता। संसार में जिसके मन में जो आवे वह वही कर सकता है।" सविता बोली, "जरूर कर सकता है। पर तुम क्या करोगे

बोलो?" ब्रज बाबू ने पूछा, "यहां रहोगी, अपने घर न जाओगी?" सविता बोली, "मेरा अपना घर यही है, जहां स्वामी हैं, सन्तान है। इतने दिन पराये घर में थी, अब वहां न जाऊंगी। नीचे इतनी कोठरियां हैं; एक में पड़ी रहूंगी। दासी कहकर लोगों को परिचय दे देना। झूठ भी न बोलना पड़ेगा।"

"पागल हो गई हो? मैं ऐसा कर सकता हूं?"

"पर मैं किसी तरह न जाऊंगी, कह दिया। तुम पर जोर-जबर्दस्ती न करूंगी तो किस पर करूंगी और जोर-जबर्दस्ती में मुझसे तुम जीत भी न पाओगे क्योंकि रुपया-पैसा है नहीं, मामला-मुकदमा कैसे करोगे?" ब्रज बाबू हंस पड़े। सविता घुटने के बल उनके पांव पर सिर टेककर पड़ी रही। आज तीन दिनों से वह विभ्रांत चित्त, शून्य मार्ग में चक्कर खाती फिर रही है। ब्रज बाबू अपने को संभालकर बोले, "तुम्हें अपनी बेटी की ही तो चिन्ता है न नई बहू? देखूं... " सविता ने सिर उठाकर देखा, उसकी आंखों में आंसू भरे हुए थे। बोली, "नहीं, लड़की को देखने वाले हैं किन्तु तुम? वह भार मुझ पर डालकर एक दिन मुझे इस घर में तुम लाए थे ... ।" इसी समय बाहर से आवाज आई, "राखाल बाबू!" राखाल ऊपर से बोला, "आइए, डाक्टर साहब!" सविता द्वार खोल एक ओर खड़ी हो गई। ब्रज बाबू बाहर निकल आए।

आठ

डाक्टर को विदा करके राखाल हंसता-उछलता आकर बोला, "मां के आशीर्वाद से बढ़कर कौन औषध है नई मां? घर में आपके आते ही मैं समझ गया था कि अब रेणु अच्छी हो गई।... ज्वर नहीं

है; एकदम नार्मल है।" डाक्टर कह रहे थे कि अब कोई चिन्ता नहीं है। यह केवल आपके आशीर्वाद का फल है। आज रात निश्चित सोने को मिलेगा। सचमुच किसी ने सोचा भी न था कि इतनी जल्द लाभ होगा। सविता ने गले में आंचल डाल देवता को प्रणाम किया। फिर बोली, "राजू, चिरंजीवी हो, सुखी रहो।" राखाल बोला, "मां, पहले जमाने में राजा-रानी गले का हार उतारकर दे देते थे।" सविता हंसकर बोली, "अगर जीती रही तो बहू के आने पर उसे पहना दूंगी।" राखाल ने कहा, "तब तो वह गला कभी मिलेगा नहीं। खैर, आप चलिए रसोईघर की ओर। जरा अच्छी तरह भोजन की व्यवस्था तो कर दीजिए।" "चलो, भैया" कहकर उधर गई। राखाल को बता-बताकर भोजन बनवाया। आज सबने रुचिपूर्वक भोजन किया किन्तु सविता ने कुछ नहीं खाया। सब लोग लेट गए तब उसने जाकर ब्रज बाबू से पूछा, "मेरी बात का उत्तर नहीं दिया?" ब्रज बाबू, "तुम तो राखाल के साथ चली गईं, उत्तर जानने का समय ही न मिला।" सविता, "किससे जानोगे, मुझसे?" ब्रज बाबू बोले, "प्रश्न चाहे जिधर से आवे उसका उत्तर तो तुम्हीं देती आई हो। एक दिन मेरी लक्ष्मी और सरस्वती दोनों अन्तर्धान हो गईं; तब उत्तर देने का भार मुझ पर आ गया। किन्तु देख ही रही हो कि मेरी उससे कैसी दुर्गति हुई है नई बहू?... फिर तुम्हारा प्रश्न कुछ सरल तो है नहीं। इसके बीच है संसार, समाज, परिवार, रीति-नीति हैं; लौकिक और पारलौकिक धर्मसंस्कार; है तुम्हारी लड़की का कल्याण-अकल्याण, मान-मर्यादा, उसके जीवन का सुख-दुख। इतने बड़े प्रश्न का उत्तर तुम्हारे सिवा और कौन देगा? तुमने कहा कि तुम जोर करके यहां रहो तो मैं क्या कर सकता हूं? क्या करना उचित है मैं नहीं जानता; तुम्हीं बता दो नई बहू।"

सविता ने पूछा, "तुम्हारा व्यवसाय क्या सचमुच ही नष्ट हो गया है मंझले बाबू?" ब्रज बाबू बोले, "हां" सविता बोली, "तुम्हारे पास रुपया-पैसा क्या है?" ब्रज बाबू, "कुछ नहीं। अपनी हीरे की अंगूठी पांच सौ में बेची है; उसी से काम चल रहा है।" सविता ने पूछा, "जो दो तालुके

थे वे भी चले गए?" ब्रजबाबू ने कहा, "गए तो नहीं, किन्तु चले जाएंगे। रेहन हैं, मैं उन्हें छुड़ा न सकूंगा।" सविता, "मेरी सौत के पास क्या रहा?" ब्रज बाबू बोले, "उसके नाम दो मकान खरीदे गए थे, वे हैं। गहने हैं; 25-30 हजार के प्रामिसरी नोट हैं। उसकी और उसकी बेटी की जिंदगी बीत जाएगी।" सविता, "और रेणु के लिए क्या है?" ब्रज बाबू ने कहा, "कुछ नहीं! सोचता हूं, रेणु के अच्छे हो जाने पर हम दोनों गांव चले जाएंगे; वहां दया करके कोई लड़की को ग्रहण कर लेगा तो उसे ब्याह दूंगा। फिर गोविंद जी की सेवा करते हुए किसी तरह मेरे दिन भी कट ही जाएंगे ... पर कठिनाई है रेणु को लेकर; वह राजी नहीं होती। तुम्हारी ही तरह स्वाभिमानिनी है। वह कहती है कि मैं अपने पिता को छोड़ कहीं न जाऊंगी, मेरा ब्याह करने की चेष्टा न करो। यह पूछने पर कि मेरे बाद तेरा क्या होगा, बोली, 'मेरा भाग्य बदल नहीं सकता। बचपन में ही मां जिसे छोड़कर चली गयी, जिसके ब्याह के दिन अचानक बाधा आ गई, जिसके पिता की राजसिक सम्पदा इन्द्रजाल की तरह हवा में उड़ गई उसे भगवान् ने सुख भोगने के लिए दुनिया में नहीं भेजा है, उसके दुखी जीवन की समाप्ति दुख में ही है बाबू जी।' इस दुर्भाग्य में भी बहुत बड़ी सांत्वना यही है कि मेरी रेणु ने ऐसे दुख में शोक नहीं किया, मेरा तिरस्कार नहीं किया।"

सविता की आंखों में आंसू भर आए। बोली, "सब कुछ देखूंगी-सुनूंगी किन्तु कर कुछ न पाऊंगी।" ब्रज बाबू ने पूछा, "क्या करना चाहती हो नई बहू? रेणु तो तुम्हारी सहायता लेगी नहीं। और मैं ... " सविता पूछ बैठी, "रेणु जानती है कि मैं अभी जीवित हूं?" ब्रजबाबू ने कहा, "हां, वह जानती है। जानती है कि तुम कलकत्ता में हो और अथाह ऐश्वर्य एवं सुख में हो।" सविता ने मन में कहा, "हे धरती तू फट जा।" ब्रज बाबू बोले, "मेरे दिन पूरे होने को आए। तो भी मुझे देने से तुम्हें तृप्ति मिलती हो तो मैं ले लूंगा। प्रयोजन है इसलिए नहीं, ठाकुर जी की आज्ञा समझकर। हाथ फैलाकर तुम्हारा दान लूंगा और इस प्रकार पुरुष के अन्तिम

अभिमान को भी मिटाकर तृणवत् हलका होकर संसार से विदा हो जाऊंगा।" सविता स्वामी की ओर देखे बिना भी समझ गई कि उनकी आंखों से आंसू ढुलक पड़े हैं। वह नतमुख स्तब्ध बैठी सुबह की घटना पर सोचने लगी, जब उसने कहा था कि वह इस घर से न जाएगी; यही उसका घर है, जहां उसके स्वामी हैं, उसकी कन्या है। परन्तु अब उसे समझ में आ गया कि वे सब बातें अर्थहीन हैं, असंभव हैं। आज एक छोर पर खड़ी है कुलत्यागिनी नारी और दूसरे सिरे पर खड़े हैं उसके स्वामी? बीच में उसकी रुग्ण संतान ही नहीं है, धर्म, नीति और समाज-बंधन के असंख्य विधि-विधान भी हैं। वह कुछ बोल न सकी। स्वामी के चरणों में प्रणाम कर उठ खड़ी हुई। राखाल आ गया, उससे पूछा, "रेणु कैसी है?" वह बोला, "अच्छी है मां, सो रही है।" फिर स्वामी की आज्ञा लेकर सविता चली गई।

सीढ़ी पर चढ़ते समय दासी ने कहा, "मां जी, बाबू बड़े क्रुद्ध हैं। विमल बाबू भी आए हैं।" सविता नहा-धोकर कपड़े बदल कमरे में गई तो विमल बाबू ने तबीयत का हाल पूछा और कहा, "सुनते हैं, आप दोपहर के पूर्व चली गई थीं, भोजन तक नहीं किया।" सविता बोली, "नहीं, समय नहीं मिला," रमणी बाबू ने मुंह बनाकर कहा, "कहां गई थीं?" सविता ने कहा, "एक काम था।" रमणी बाबू ने पूछा, "क्या काम था?" सविता बोली, "वह तुम्हारे जानने की बात नहीं है।" रमणी बाबू भभक उठे, "आगे से तुम बिना मुझसे पूछे कहीं न जाओगी, मैं यह आवारापन सह नहीं सकता।" सविता बोली, "आवारापन? क्या आज मुझ पर अविश्वास हो रहा है?" क्रोधांध रमणी बाबू बोले, "हां, होता है, बराबर होता है। तुम क्या सीता-सावित्री हो जो अविश्वास न होगा? एक को धोखा दे चुकी हो, मुझे न दे पाओगी।" सविता ने स्थिर भाव से रमणी बाबू की ओर देखते हुए कहा, "तुम जानते हो, मैं झूठ नहीं बोलती। हम लोगों का संबंध आज से खत्म हो गया। अब तुम यहां न आना।" रमणी बाबू ने गुस्से में ही कहा, "यह घर है किसका? तुम्हारा है?"

"सविता बोली, "घर मेरा नहीं तुम्हारा है। तुम्हीं ने दिया था। कल मैं और कहीं चली जाऊंगी, यह सब तुम्हारा ही रहेगा। तेरह वर्ष बाद चले जाने के दिन तुम्हारी एक कौड़ी भी साथ न ले जाऊंगी; सब तुम्हें लौटा रही हूं। हमारा सब कुछ समाप्त हो गया, अब वापस नहीं लौटेगा। मैं बहुत क्लांत हूं। अब जा रही हूं।"

नौ

सुबह तक बात सब किरायेदारों में फैल गई। उनमें बड़ी चिन्ता फैली क्योंकि इतने कम किराये पर दूसरी जगह उन्हें स्थान नहीं मिल सकता था, फिर नई मां की सहृदयता के कारण वे भूल गए थे कि वे किरायेदार हैं। उन्होंने शारदा को पकडा। शारदा ने जाकर कहा, "मां! ये लोग कह रहे हैं कि आप इस घर से जा रही हैं?" नई मां ने कहा, "सच तो कह रहे हैं शारदा।" शारदा बोली, "सच क्या? आप सचमुच ही चली जाएंगी?" नई मां, "सचमुच ही शारदा। पर कहां जाऊंगी, इसका अभी कुछ ठीक नहीं।"

"मां, मेरे तो कोई नहीं है। मुझे किसके पास छोड़ जाएंगी?"

"जिसके स्वामी हैं, उसका सब कुछ है शारदा। जीवन बाबू एक दिन जरूरी ही लौटेंगे।"

"नहीं मां, वे नहीं आवेंगे। किसी और दिन मैं इसका कारण आपको बताऊंगी। ... आप चाहे जहां जाएं, मैं साथ चलूंगी। आप बड़े घर की बेटी और बहू हैं। साथ में एक दासी चाहिए ही। मैं आपकी वही दासी हूं मां।"

"पर तुम भी तो टहलुई घर की नहीं हो शारदा। तुमसे मैं क्यों दासी का काम लूंगी?"

"तो दासी का काम नहीं, मैं मां की सेवा करूंगी।" इतना कहकर

उसने आंचल में आंखें पोंछीं।

इतने में नीचे से आवाज आई। सविता ने कहा, "कौन महादेव?" महादेव ने ऊपर आकर बताया कि शोफर गाड़ी लाया है।

कुछ देर बाद जब सविता नीचे उतरी तो देखा, द्वार के पास शारदा खड़ी है। बोली, "मां, मैं साथ चलूंगी। बीमार रेणु को देखूंगी। इससे भी ज्यादा मुझे रेणु के पिताजी को देखने की साध है।" यह कहकर वह गाड़ी में बैठ गई। फिर पूछा, "रेणु के पिता जी देखने में कैसे हैं मां? ... बहुतेरी ही कल्पना करती हूं किन्तु कोई चेहरा पसंद नहीं आता। शायद इसीलिए कि वह रेणु के पिता ही नहीं, उसके स्वामी भी हैं।" सविता ने हंसकर कहा, "मान लो वे ऐसे हैं–एक बूढ़े वैष्णव, मुझसे उम्र में बहुत बड़े, सिर पर शिखा, बाल सब पके हुए, गोरा रंग, लंबा शरीर, व्रत-उपवास से शिथिल। ऐसा आदमी तुम्हें पसंद आता है शारदा?"

"नहीं, आपको आता है?"

"पसंद किए बिना चारा क्या है शारदा? स्वामी पसंदगी नापसंदगी की वस्तु नहीं है; उसे तो बिना विचार किए मान लेना पड़ता है। तुम कहोगी यह तो है शास्त्रविधि, मनुष्य के मन की विधि नहीं। किन्तु जानती हो यह तर्क कौन करते हैं? वही जिनको आज भी मानव मन का यथार्थ ज्ञान नहीं है, जिन्हें दुर्गति की अग्नि जलाकर जीवन की राह खोजनी नहीं पड़ी। संसार-यात्रा में स्वामी के रूप-यौवन का प्रश्न स्त्रियों के लिए तुच्छ है बेटी।" शारदा ने कहा, "एक बात जानने की बड़ी इच्छा है मां, किन्तु ..." अनुमति देने पर भी जब शारदा संकोचवश कुछ नहीं पूछ सकी, तब सविता ने खुद ही कहा, "कदाचित् तुम जानना चाहती हो कि यदि यह बात ठीक है तो मेरी ऐसी दुर्गति क्यों हुई? उत्तर मैंने बहुत बार तरह-तरह से सोचा है किन्तु पूर्वजन्म के कर्मफल के अतिरिक्त इसका और कोई उत्तर नहीं पा सकी बेटी। ... भला बताओ तो कि जिस आदमी को कल विदा कर दिया उसे अपने स्वामी की अपेक्षा बड़ा कभी न माना, कभी उसे श्रद्धा नहीं की, कभी प्यार नहीं किया तो भी उसके यहां मेरा एक युग कैसे

कट गया?" शारदा ने लजाते हुए पूछा, "क्या उस दिन भी आपने रमणी बाबू को प्यार नहीं किया मां?" सविता ने कहा, "नहीं, उस दिन भी नहीं।" शारदा ने पूछा, "तो फिर पदस्खलन कैसे हो गया?"

"पदस्खलन का कोई 'क्यों' होता है शारदा? वह सहसा अकारण निरर्थकता में ही हो जाता है। क्यों होता है नहीं जानती शारदा, किन्तु हो जाता है।"

गाड़ी पहुंच गई। दोनों उतरकर अंदर गई। ऊपर जाते ही देखा कि एक 16-17 साल उम्र की लड़की बरामदे में बैठी भाजी काट रही है। लड़की ने 'आइए' कहकर स्वागत किया, आसन बिछा दिया और सविता की चरण-धूलि माथे से लगाई। सविता आसन पर बैठ तो गई किन्तु किसी तरह अपने को संभाल न सकी। वह जानती थी इन आंसुओं की कोई मर्यादा इस लड़की के निकट नहीं है किन्तु रुलाई रुकी नहीं, आंखों पर आंचल डाले मुंह छिपाए बैठी रही।

दस

सविता ने जितनी ही रुलाई रोकनी चाही उतनी ही वह काबू के बाहर होती गई। जैसे तूफान से पूर्णत: मथित सागर-जल किसी तरह रुकना न चाहता हो। लड़की ने भी सांत्वना देने की चेष्टा नहीं की। उसी तरह दुर्बल थके हाथों से धीरे-धीरे तरकारी काटती रही। बहुत देर बाद रुलाई का वेग घट जाने पर भी सविता मुंह से आंचल न हटा सकी। किन्तु इस तरह कब तक चल सकता है, यह सोचकर शारदा ने ही पूछा, "आज तुम कैसी हो बहन?" लड़की बोली, "अच्छी हूं, ज्वर का तो कोई आभास नहीं है।" शारदा, "राखाल बाबू कहां हैं? तुम्हारे पिताजी कहां गए हैं?" लड़की ने बताया, "राखाल भैया पढ़ाने गए हैं। बाबू जी

सुबह से ही कहीं गए हैं। कह गए हैं, लौटने में देर होगी।" और कोई बात न आने के कारण शारदा ने पूछा, "तुम पहचानती हो रेणु, ये कौन हैं?" लड़की बोली, "पहचानूंगी कैसे, मुझे तो चेहरे की याद है नहीं।" शारदा ने पूछा, "समझ भी नहीं पाई?" रेणु ने सिर हिलाकर कहा, "समझती हूं; राजू भैया बता गए हैं किन्तु आपको पहचान नहीं पाई।" शारदा ने कहा, "मेरा नाम शारदा है; तुम्हारी मां के पास रहती हूं। मेरी बात क्या राखाल बाबू ने कभी तुमसे नहीं कही?" लड़की बोली, "नहीं, मुझसे क्यों कहेंगे? कहना उचित भी तो नहीं है।" कहकर रेणु उठ गई, शीघ्र ही लोटा लेकर लौटी और बोली, "मां, पांव धोने के लिए पानी लाई हूं, उठिए।" इस पुकार पर सविता सहसा पागल की तरह उठी और रेणु को खींचकर छाती से लगा लिया किन्तु कुछ ही देर में हाथ-पांव शिथिल हो गए और वह अचेत होकर पृथ्वी पर गिर पड़ी। जब कुछ होश आया तो देखा कि उसका सिर शारदा की गोद में है और वह पंखे से हवा कर रही है। मां को होश आया देखकर रेणु ने कहा, "मां, पूजा के लिए व्यवस्था कर दी है, चलिए।"

रेणु मां को नीचे ले गई, स्नान कराया, फिर जबर्दस्ती पूजा कराने के बाद मिश्री का शर्बत पिलाया और बोली, "मां, अब जाकर रसोई बनाती हूं। आपको खाना होगा, न खाएंगी तो आपके पांवों में सिर पटक दूंगी, बिना खाए मुक्ति न मिलेगी।"

"मुक्ति नहीं चाहती बेटी, किन्तु तुम बड़ी दुर्बल हो और अभी तुमने पथ्य भी नहीं लिया है।"

"सवेरे मिश्री मुंह में डाल चुकी हूं। अब कुछ न खाऊंगी किन्तु खाना तो बनाना ही होगा मां। ठाकुर जी का भोग भी तो लगाना होगा।" इतना कहकर उसने अंगोछा कंधे पर रखा। सविता ने पूछा, "तुम क्या नहाने जा रही हो रेणु?" रेणु हंसती हुई बोली, "मां, तुम भूल गईं। क्या तुमने कभी बिना स्नान किए भी भोग बनाया है?" शारदा ने ज्वर जाने की आशंका प्रकट की तो रेणु बोली, "ज्वर नहीं आवेगा। किन्तु आवे

ही तो क्या किया जाएगा ? और कौन करने वाला है ?"

ब्रज बाबू आ गए। सविता बोली, "बाहर जाकर तुम सदा घर-बार को इसी तरह भूल जाते हो। देखो अब कितना दिन रह गया ? जाओ, अब देर न करो।" ब्रज बाबू बोले, "यही होगा नई बहू। बेटी, मेरा गमछा तो दे, मैं चटपट नहा आऊं।" रेणु बोली, "नहीं बाबू जी, जरा सुस्ता लो। मैं तम्बाकू भर देती हूं। देर जो होनी थी वह तो हो चुकी।" मां और बाप दोनों के कन्या की ओर देखा। ब्रज बाबू बोले, "लड़की न हो तो बाप की इतनी व्यथा और किसको हो नई बहू ? तुम भी इससे हार गई ?" सविता ने कहा, "हारने में मुझे आपत्ति नहीं किन्तु यही एकमात्र सत्य नहीं है। संसार में और भी एक प्राणी है जिसकी तुलना में लड़की भी नहीं ठहरती, मां भी नहीं।" कहकर हंसीं। ब्रजबाबू वह हंसी देखकर चौक पड़े, किन्तु कुछ कहकर कपड़े उतारने चले गए।

खाना-पीना निबटते-निबटते शाम हो गई। ब्रजबाबू शय्या पर बैठे तम्बाकू पी रहे थे। सविता जाकर फर्श पर बैठ गई। ब्रजबाबू ने पूछा, "भोजन हुआ ? बेटी ने अनादर तो नहीं किया ?" सविता बोली, "नहीं।" ब्रज बाबू ने कहा, "गरीब का घर ठहरा, कुछ भी यहां है नहीं, कदाचित् तुम्हें कष्ट हुआ नई बहू ? " सविता बोली, "ऐसी कटु बात न कहने दूंगी मंझले बाबू। मेरा यही तो इतना-सा अवलम्ब है। मरते समय भी होश रहा तो केवल यही सोचूंगी कि मेरे जैसा स्वामी संसार में कभी किसी ने नहीं पाया।" ब्रज बाबू, "मेरे कहने का यही मतलब था कि आज यह भी तुम्हें अपनी आंखों देखना पड़ा।" सविता, "देखने की आवश्यकता थी, नहीं तो दण्ड अधूरा रह जाता। एक दिन गोविंद जी की सेवा की थी, जान पडता है वही खींच लाए हैं।" कहते-कहते आंखें छलछला आईं। पूछा, "एकनिष्ठ मन से उनका भजन करूं तो भी क्या वे मुझे क्षमा नहीं करेंगे, मंझले बाबू ?" ब्रज बाबू बोले, "अवश्य करेंगे।" कुछ देर चुप रहकर सविता ने पूछा, "तुम आज कहां गए थे ?" ब्रज बाबू ने कहा, "नन्दू साहू के यहां मेरे कुछ रुपये बाकी थे।"

"दिए ?"

ब्रज बाबू उसकी सज्जनता और कठिनाई बताकर कहने लगे कि कभी न कभी देंगे ही। सविता बोली, "मैं उन्हें चकमा नहीं देने दूंगी। और कुछ उपाय न हुआ तो नालिश करूंगी।" ब्रज बाबू ने हंसकर कहा, "देखता हूं, तुम्हारा मिजाज जरा भी न बदला।" सविता बोली, "क्यों बदलेगा ! और तुम्हारा कितना बदल गया है ? तुमसे बुरे दिन किस पर आएंगे ! किन्तु तुम क्या किसी को ठग सके ? मुझ जैसी कृतघ्न का ऋण भी पाई-पाई चुका दिया। उन लोगों को भी यही करना होगा, तभी उन्हें मुक्ति मिलेगी।" ब्रज बाबू ने पूछा, "उन पर तुम्हें इतना क्रोध क्यों है ?" सविता ने कहा, "क्रोध नहीं, मुझे जलन है। तुमको भाई ने ठगा, मित्रों ने ठगा। आत्मीय-स्वजन, कर्मचारी, यहां तक कि स्त्री ने भी धोखा दिया। अब मुझसे पाला पड़ा है। मैं उन्हें समझा लूंगी; वे मुझे खूब जानते हैं।" ब्रज बाबू को याद आया कि जब इसी तरह एक दिन सब कुछ डूब चला था तब इसी स्त्री ने हाथ पकड़ कर उन्हें नाव पर बिठाया था। तीसरे पहर के ढलते हुए सूर्य की ओर दिखाकर ब्रज बाबू बोले, "मेरा दिन अब ढल रहा है नई बहू। अपना पावना वसूल करने का समय अब नहीं रहा किन्तु तुम्हारे अतिरिक्त संसार में दूसरा कोई नहीं है जो समझे कि मैं कितना क्लांत, कितना अवसन्न हूं। अब तो संसार से छुट्टी लेने की मंजूरी आती होगी। जो लिया-दिया सबका हिसाब हो गया; जानता हूं उसमें गलतियां रह गई हैं।

किन्तु उसे लेकर अब झगड़ा नहीं कर सकूंगा। विश्वास करो, बहुत क्लांत हो गया हूं। तुम्हारे विश्वास से मुझे शांति मिलेगी।"

"अब क्या करोगे ?"

"रेणु को लेकर गांव चला जाऊंगा। वहां किसी तरह गुजर हो जाएगी।"

"रेणु का भार किसे दे जाओगे ?"

"भगवान् को।मैं जान गया हूं कि उनसे बड़ा आश्रय दूसरा नहीं है।"

लड़की के भविष्य से सविता आश्वस्त न हो सकी किन्तु कोई उपाय न देख चुप बैठी रही। उसने समझ लिया कि सब कुछ समाप्त हो गया है। उस दिन घर से निलकने पर दोनों के बीच जो स्तूप आ खड़ा हुआ था वह आज भी ज्यों-का-त्यों है। सविता उठ खड़ी हुई; बोली, "मुक्ति नहीं पाओगे मंझले बाबू! तुम वैष्णव हो; जीवन में कितने ही मनुष्यों के अपराध तुमने क्षमा कर दिए हैं किन्तु मुझे क्षमा नहीं कर सके। यह ऋण रहा। किसी दिन जान सकोगे।" कहकर वह चली गई।

ग्यारह

इधर विमल बाबू ने अपने व्यवहार, सहृदयता और सहानुभूति से तथा बार-बार हाल चाल, दु:ख-दर्द पूछने आकर सविता के मन में अपना स्थान बना लिया है। चुपके से रमणी बाबू को उनके मकान का दाम चुकाकर उन्हीं द्वारा उसे सविता के नाम करा दिया है। उनके व्यवहार में बड़ी मर्यादा है किन्तु उनके नयनों की दृष्टि से सविता को डर लगता है। वह दृष्टि भूखे शिकारी पशु की नहीं है, भले आदमी की है, उसमें है आर्त की प्रार्थना, इसी से भय है। एक दिन उसने पूछा, "मेरे जीवन का इतिहास आप जानते हैं विमल बाबू?" विमल बाबू ने कहा, "नहीं, जो कुछ दूसरे कहते हैं उतना ही जानता हूं।" सविता ने पूछा, "तो जो कुछ लोग कहते हैं, जो हुआ है, वह क्या मेरे जीवन का इतिहास नहीं है? क्या दोनों चीजें अलग-अलग हैं?"

विमल—हां, दोनों एक नहीं हैं नई बहू।

सविता—आपने सुना है कि मैं स्वामी को छोड़ रमणी बाबू के साथ चली आई। फिर उन्हें भी उस दिन त्याग दिया। मैं अच्छी स्त्री नहीं हूं,

फिर किसी पुरुष को ग्रहण कर सकती हूं। क्या यह बात आपके मन में नहीं उठती ?"

विमल बाबू ने कहा, "नहीं।" सविता बोली, "लगता है, आप बड़े धार्मिक व्यक्ति हैं।" विमल बाबू ने कहा, "आपके स्वामी की तरह नहीं। उन्होंने जिस भाव से धर्म को लिया है उस भाव से मैंने नहीं लिया। हमारा कोई मेल नहीं।" सविता ने पूछा, "मेल न हो किन्तु क्या कहीं भी मेल नहीं! क्या दोनों का स्वभाव सर्वथा भिन्न है ?" विमल बाबू ने कहा, "इसका उत्तर देने का समय अभी नहीं आया।" सविता ने कहा, "क्या यह बात भी मन में नहीं गईं कि कोई ऐसे आदमी को छोड़ कैसे चला गया ?" विमल बाबू बोले, "कोई माने आप ही तो ? किन्तु आप तो छोड़कर नहीं गईं। लोगों ने मिलकर आपको चले जाने के लिए विवश कर दिया।"

सविता की आंखें भर आईं। बोली, "इतना जानकर भी मुझे कैसे प्यार कर सके ? अवस्था ढल चुकी है, रूप रहा नहीं, जो है वह भी दो दिन में समाप्त हो जाएगा, ऐसे को आदमी क्या सोचकर प्यार कर सका ?" विमल बाबू बोले, "इसलिए कि मैंने संसार में बहुत कुछ देखा है। वह रूप-यौवन का लोभ नहीं, आपने इतना समझा तो मैं कृतज्ञ हूं।" सविता बोली, "हां, इतना समझ गई हूं। किन्तु पूछती हूं–मुझे लेकर करेंगे क्या !"

"इसका मेरे पास कोई उत्तर नहीं। केवल इतना जानता हूं कि आपको न पा सकूंगा। मेरे लिए राह नहीं है। इसे मैंने बहुत दु:ख पाकर जाना है। अपने ऐश्वर्य-बल से एक समय मैं अनेक स्त्रियों को लाया था पर वे छोटी हो गई और मुझे भी छोटा बना दिया। फिर कौन कहां गई, इसकी खबर नहीं। इनमें एक स्त्री आपकी ही तरह घर छोड़कर आई थी किन्तु उसे रख नहीं सका। प्यार का धन छोटा करके नहीं रखा जा सकता; उसे खोना ही पड़ता है। रमणी बाबू को भी तो इसी तरह खोते देखा है ?"

"क्या आपको यही भय है ?"

"भय नहीं, अब यह मेरा व्रत है। आपकी बेटी को देखा, स्वामी

को देखा, किस प्रकार वे सर्वस्व देकर ऋण चुकाकर चले गए। तब मैं आपको कैसे पाऊंगा? वह द्वार बंद है। जानता हूं, छोटा करके मैं कभी आपको पा न सकूंगा; और छोटा न करके पाने की राह बंद है। इसी से तो कहता हूं कि मुझे केवल सच्चा मित्र मानकर ग्रहण कीजिए।"

सविता की आंखें छलछला उठीं। बोलीं, "आपका परिचय पाने को अब कुछ शेष नहीं रहा विमल बाबू। आशीर्वाद दीजिए कि जिस दुःख को मैंने स्वयं आमंत्रण दिया है उसे सह सकूं।" विमल बाबू के नेत्र भी भर आए। बोले, "मैं आपके अपराध का विचार न करूंगा; केवल इतनी प्रार्थना करूंगा कि आपका दुःख चिरस्थायी न हो।"

बारह

शारदा ने आते ही देखा कि राखाल उसकी कापी देख रहा है। वह बोला, "देखता हूं, काम तो कुछ आगे नहीं बढ़ा।" शारदा ने कहा, "हां, समय ही नहीं मिलता। मां का सब काम मुझे ही करना पड़ता है।" राखाल बोला, "उनके पास दास-दासियों की कमी नहीं है। यह तो बड़ा अन्याय है शारदा?" शारदा बोली, "और आपका कुछ कम अन्याय है देवता? भीख के दान को छिपाने के लिए निरर्थक काम का भार मुझ पर डाल दिया है। मैं एक पंक्ति भी न लिखूंगी।"

"मेरा ऋण कैसे चुकेगा?"

"ऋणी ही बनी रहूंगी।"

राखाल के मन में आया कि उसका हाथ अपने हाथ में लेकर कहे–ऋणी ही रहो किन्तु हिम्मत नहीं पड़ी। वह बोला, "पहले तुम बड़ी सीधी थीं, सहसा ऐसी दुष्ट कैसे हो गई?" शारदा ने पूछा, "मैं दुष्ट

हो गई हूं? अच्छा बताइए, आप थे कहां?" राखाल बोला, "तबीयत कुछ खराब हो गई थी।" शारदा ने कहा, "झूठ! जोरों का बुखार था, तुम्हारी वह नानी भी खाट पर पड़ी थी। आपके तो कितने ही यार-दोस्त हैं, किसी को सूचना क्यों नहीं दी? अच्छा, मित्रों की बात छोड़ो, नई मां को क्यों खबर नहीं दी?"

कहते-कहते शारदा के नयन भर उठे। बोली, "नई मां को भी जाने दो पर मैंने क्या अपराध किया था देवता? आप हैं बड़े खराब आदमी। विष खाकर मरने को थी, मरने नहीं दिया; अस्पताल में दिन-रात एक कर दिया। लौटने पर भूखों मरने को हुई तो उसमें भी भांजी मार दी। और इधर आपकी बीमारी में थोड़ी सेवा कर दूं, यह भी आपसे सहा नहीं गया। सदा ऐसी ही शत्रुता करते रहेंगे? कभी मुक्ति न देंगे? मैंने आपका क्या बिगाड़ा था? ... मैं जानती हूं कि आप ब्याह क्यों नहीं करते। इसलिए कि आप स्त्रियों को घृणा करते हैं। पर दुनिया में आप जिनके पीछे-पीछे घूमे हैं वही स्त्रियां नहीं हैं; दुनिया में और भी औरतें हैं।" राखाल, "यदि आज तुम्हारे वे होते तो क्या यह सब कह सकती?" शारदा बोली, "तब तो मैं उनसे कहती कि जिस शारदा से ब्याह करने का वादा करके धोखा दिया, जिस शारदा ने तुम्हें प्राणों से अधिक प्यार किया था, उसने कितना सहा है, इसे केवल भगवान् जानते हैं; जिस शारदा को तुम जूठी पत्तल की तरह छोड़कर चले गए , वह शारदा मर चुकी; यह दूसरी शारदा है। इस पर किसी का दावा नहीं।"

सुनकर राखाल स्तब्ध हो गया। फिर पूछा, "क्या जीवन बाबू तुम्हारे पति नहीं हैं? सब मिथ्या है?"

"हां, सभी मिथ्या है। वे मेरे पति नहीं हैं।"

"क्या तुम विधवा हो?"

"हां।"

"क्या आपको मुझ पर घृणा हो गई है?"

"नहीं शारदा, अब तुम क्या करोगी?"

"नई मां का काम करूंगी। यह दासी-वृत्ति नहीं, मां की सेवा है। रुपयों के लिए मैं आपकी क्लर्की नहीं करूंगी, आवश्यकता के समय चिट्ठी लिखकर शय्या पर डाल जाया करूंगी। उसे पढ़कर कोई चुपके से रुपये तेरे तकिये के नीचे रख जाया करेगा।"

"यह तो भिक्षा हुई।"

"भिक्षा ही सही। उसे कोई न जान पाएगा, क्योंकि रिश्वत देकर लोग किसी से कहते नहीं। मझे शर्म कैसी?"

राखाल के मन में फिर आया कि हाथ पकड़कर उसे पास खींच ले किन्तु साहस नहीं हुआ। इसी समय दासी ने बाहर से पुकारा कि शारदा दीदी को मां बुला रही हैं। उसने उठते हुए पूछा कि क्या वे मां से मिलने न जाएंगे। राखाल ने कहा, "तुम जाओ, मैं बाद को जाऊंगा।" शारदा बोली, "बाद को क्यों, दोनों साथ चलें।" कहकर दबी हंसी की तरंग फैलाती वह चली गई। राखाल आंख बंद करके शय्या पर पड़ रहा। उसे लगा, यह घर अपूर्व माधुर्य से भर उठा है और सजीव मानव के हाथ की तरह उसके शरीर को छू रहा है। उसके शरीर एवं मन में यह कैसी व्याकुलता, कैसा स्पन्दन है? वक्षस्थल के निगूढ़ अन्तस्थल में यह कौन बोल रहा, क्या कह रहा है? स्वर सुनाई पड़ता है किन्तु भाषा समझ में क्यों नहीं आती?... जो इस तरह निःसंशय भाव से आकर उसके पास खड़ी हो गई है उसे 'ना' कहकर किस बड़ी आशा के लिए वह लौटा देगा? उसे अस्पताल में पड़ी मृतप्राय नारी का वह पीला मुंह याद आया। फिर कैसी कठिनाई से उसके प्राण लौटे थे। वह कैसे भूलेगा शारदा का सम्पूर्ण समर्पण? आंखों के आंसू पोंछते हुए उसका यह कहना, 'अब मैं आपकी आज्ञा लिए बिना नहीं मरूंगी देवता।' इसी समय दासी आकर बोली, "मां आपको बुला रही हैं।"

राखाल ऊपर गया। मां की चरण-धूलि लेकर बोला, "मां, अपराध हो गया है। कई दिनों ज्वर में पड़ा रहकर भी आपको समाचार नहीं दे सका; आपको चोट पहुंचाने के लिए नहीं। मैंने तो आपको जितना तंग

किया है उतना रेणु को भी नहीं किन्तु एक दिन दुनिया ही बदल गई। ठाकुर जी कोठरी में जा रो-रोकर कहता था, अब सहा नहीं जाता, हमारी मां को लौटा दो। अब उन्होंने प्रार्थना सुनी है। उसी मां का असम्मान करूंगा? असल में अभ्यास के कारण दुख में याद ही नहीं आता कि संसार में कोई मेरा है।" सुनकर नई मां पास खींचकर गहरे स्नेह के साथ उसकी पीठ पर हाथ फेरने लगीं। शारदा बोली, "अब इनसे ब्याह करने के लिए कहिए न मां। आपकी बात ये नहीं टाल सकेंगे।" राखाल बोला, "मां ने मुझे इतना बड़ा किया है; वे जानती हैं कि इसके घर-बार, आत्मीय-स्वजन नहीं, कमाने की क्षमता नहीं। मुझे लड़की देना उसके गले पर छुरी फेरने जैसा है। ऐसा अन्याय मां कभी न करेंगी।" इसी समय महाराज ने आकर सूचना दी, "रसोई तैयार है।"

बहुत दिनों बाद आज सविता राखाल को खिला रही थी। बोली, "बेटा तारक दो-तीन दिन के लिए छुट्टी लेकर आया था, उसका आग्रह है कि मैं कुछ दिन उसके पास रहूं। मैंने भी स्वीकार किया है।" राखाल ने विस्मयपूर्वक पूछा, "तारक आया था मां? मुझसे नहीं मिला?" मां ने कहा, "समय न मिला होगा।" राखाल को स्मरण आया कि उसने खुद ही बीमारी में तारक को चिट्ठी लिखी थी कि 'स्वास्थ्य ठीक नहीं रहता, कुछ दिन देहात में तुम्हारे पास आकर रहना चाहता हूं' किन्तु अभी तक उसने चिट्ठी का उत्तर नहीं दिया।

तेरह

उस दिन खा-पीकर जब राखाल लौटने लगा तब शारदा ने उसके साथ नीचे आकर कहा, "मैं बहुत चाहती हूं कि एक दिन अपने

हाथ से बनाकर आपको खिलाऊं। खाइएगा देवता?" राखाल ने कहा, "जब कहो, तभी।" शारदा बोली, "तो परसों इसी समय। चुपके-चुपके मेरे यहां आइएगा और चुपके-चुपके खा कर चले जाइएगा। कोई जाने-सुनेगा नहीं।" राखाल ने पूछा, "चुपके क्यों? तुम मुझे खिलाओ तो इसमें दोष क्या?" शारदा हंसकर बोली, "दोष खाने में नहीं, चुपके-चुपके खिलाने में है। उसका लोभ मैं छोड़ नहीं पाती।" "अच्छी बात, वही होगा; परसों आऊंगा" कहकर राखाल चला गया।

आज वही परसों है। रात के आठ बजे होंगे। शारदा रसोई बना बैठी थी। राखाल के आने पर उसने आसन लगाया। भोजन देख राखाल प्रसन्न हो गया, व्यर्थ का आडम्बर नहीं। उसने मन की बात कह दी। शारदा बोली, "सामग्री मेरी नहीं, आपकी ही है। व्यर्थ का आडम्बर करती तो आप सोचते कि इस औरत का अत्याचार तो देखो कि ऋण भी नहीं चुकाती और पराये रुपयों पर रईसी दिखाती है।" राखाल ने हंसकर कहा, "रुपये तुम्हें न लौटाने होंगे शारदा, केवल वह कापी लौटा दो।" शारदा ने कृत्रिम गांभीर्य के साथ कहा, "तो कहिए छुट्टा–छुट्टी हो गई। अब आप भी रुपये न मांगेंगे और मैं भी न मांग सकूंगी; चाहे मर जाऊं तो भी।" राखाल ने कहा, "तुम बड़ी दुष्ट हो। सोचता हूं, जीवन तुम्हें पहचान नहीं पाया, तभी तो छोड़कर चला गया।"

"मेरा भाग्य देवता! पति ने नहीं पहचाना, जो फुसलाकर लाया उसने नहीं पहचाना और जिन्होंने यमराज के हाथों से बचाया वे भी पहचान नहीं पाए। न जाने मैं क्या हूं कि कोई पहचान नहीं पाता। मेरे स्वामी की बात जाने दीजिए, जीवन बाबू की बात लीजिए। वे मुझको पहचानते तो भागते नहीं, मुझसे कहते कि मेरे चलाए नहीं चलता तो मैं घर-गृहस्थी का भार लेकर दिखा देती कि स्त्रियां भी उसे चला सकती हैं।"

राखाल ने कहा, "तब आत्महत्या करने क्यों गई?" शारदा बोली, "आप समझते हैं कि स्त्रियां इसीलिए आत्महत्या करती हैं? मर्दों की समझ ऐसी ही होती है।... अरे, मैंने तो इसीलिए आत्महत्या की चेष्टा

की थी कि आपको देख पाऊं। नहीं तो आपको कहां पाती ? ... अच्छा देवता, आपने विवाह क्यों नहीं किया ?" राखाल ने कहा, "मेरा विवाह इसलिए नहीं हुआ कि कोई कराने वाला न था। स्वयं विवाह इसलिए नहीं किया कि मैं गरीब था; अपना कहने को मेरे पास कुछ नहीं था।"

"क्या गरीब का ब्याह नहीं होता ? असल बात यह है कि आप बहुत डरपोक आदमी हैं, आपमें कुछ भी साहस नहीं है।"

राखाल ने कहा, "जो कुछ भी हूं, हूं शारदा, पर मैं अपने को बदल नहीं सकूंगा।" शारदा बोली, "आप न बदलें, जो आएगी वही बदल देगी; बदल नहीं सकी तो स्त्री काहे की ? पर ब्याह तो आपको करना ही पड़ेगा। अभी कह रहे थे कि कोई कराने वाला न था; अब मैं आई हूं कराने वाली। मैं सिखा दूंगी कि गरीब का घर कैसे चलाया जाता है। और वहां भी जो कुछ पाने योग्य है वह कैसे मिल सकता है।" राखाल के मन में आया कि कह दे—सब स्त्रियां तुम्हारी जैसी नहीं होतीं।... जिस दिन सोचकर खुद इसका उत्तर पा जाऊंगा, तुम्हें बता दूंगा।

"अच्छा देवता, परसों हम लोग हरिनपुर जा रहे हैं। कल शनिवार रात की गाड़ी से तारक बाबू आवेंगे और तुम हम लोगों को ले जाएंगे। कल वह स्वयं ही आकर सब ठीक-ठाक कर गए है ... बड़े विद्वान् हैं। है न देवता !" राखाल ने कहा, "हां।" शारदा, "उनके समान विद्वान आप क्यों नहीं हुए देवता ?" राखाल ने माथा दिखाकर कहा, "यहां ऐसा ही लिखा जो था।" शारदा, "फिर उनके शरीर में ताकत भी खूब है। बड़ा भारी बोझ स्वयं उठाकर गाड़ी में रख आए। आप वैसा न कर सकते।" राखाल ने कहा, "हां, मैं नहीं कर सकता, मेरे शरीर में जोर नहीं है।" शारदा बोली, "यह भी क्या भाग्य की बात है ? आप चेष्टा ही नहीं करते। तारक बाबू कहते थे कि चेष्टा करने से सब कुछ मिल सकता है।" राखाल ने कहा, "किन्तु वह चेष्टा किस बात से मिलती है, यह तुमने नहीं पूछा, नहीं तो जवाब मेरे काम आता।" शारदा ने कहा, "अच्छा पूछूंगी किन्तु जान पड़ता है, आप तारक बाबू से नाराज हैं।" राखाल चुप रहा। शारदा

कहने लगी, "गांव में रहकर जीवन बिता देना वे नहीं चाहते, वहां उनकी शक्ति संकुचित हो गई है। मां से यह सब कह रहे थे। सुनकर मां ने कहा कि वे इसका कुछ उपाय करेंगी। ... मां के लिए यह कठिन नहीं है। वे विमल बाबू से कह दें तो सहज ही प्रबंध हो जाएगा।" सुनकर राखाल प्रश्न-भरी आंखों से उसकी ओर देखता रहा।

चौदह

तारक लेने आ गया है। गांव में मां को कष्ट न हो, इसलिए उसने खाने-पीने की नाना प्रकार की सामग्री तथा अन्य वस्तुएं खरीदी हैं। शारदा कभी यात्रा की तैयारी में लगी है। विमल बाबू, नित्य की भांति, भेंट करने आए हैं। पूछा, "नई बहू, वहां कितने दिन रहोगी?" नई बहू ने कहा, "जितने दिन कहोगे उससे एक दिन भी ज्यादा नहीं।" विमल बाबू, "कोई तुम्हारी यह बात सुनेगा तो क्या अर्थ लगायेगा?" नई बहू, "मुझ पर नया कलंक लगाएगा, यही डर तो है?" विमल, "डर तो है ही किन्तु मैं वैसा होने क्यों दूंगा?" नई बहू, "यही भरोसा तो है। उस दिन तुम चले गए पर मेरा मन तुम्हारे साथ लगा रहा। वह कहने लगा—सविता, यौवन गया; रूप छवि है नहीं। इतने पर भी वे प्यार करते हों तो वह उनका मोह नहीं है, वह सत्य है। सत्य कभी वंचना नहीं करता; उसका विश्वास करो।"

"तुम सचमुच विश्वास करती हो कि तुम्हें मैं प्यार कर सकता हूं?"

"हां, क्योंकि अब मेरे पास रूप तो नहीं है।"

"यह भी तो संभव है कि मेरी दृष्टि में तुम्हारा रूप असीम हो।" सविता हंसकर बोली, "तुम अद्‌भुत हो।" विमल बाबू ने कहा, "तुम

भी कुछ कम अद्‌भुत नहीं हो नई बहू। इतना ठगे जाने पर कैसे इतनी जल्दी मुझ पर विश्वास कर लिया?"

"आघात पाया है किन्तु ठगी तो नहीं गई। जेल के कैदी की भांति दिन बिता रही थी कि सहसा आंधी आई, कुहरा दूर हो गया, जेल की दीवार टूट गई; बाहर रास्ते पर आई कि तुमने हाथ बढ़ा दिया। यही क्या ठगा जाना है? किन्तु तुम्हें क्या कहकर पुकारूं!"

"बचपन में मुहल्ले वाले मुझे दयामय कहते थे। वही कहो किन्तु मैं पूछ रहा था कि इतनी जल्दी तुम मुझे कैसे प्यार करने लगीं?" सविता बोली, "प्यार की बात तो कही नहीं, इतना ही कहा कि तुम मेरे मित्र हो तुम पर विश्वास है। कहा यह कि प्यार करने वाला बुरा नहीं कर सकता।"

"सच है; उसका अपना दुःख जितना हो, उसे सहना ही होगा।"

"इतना ही नहीं, तुम दुःख पाओगे तो मैं भी पाऊंगी।"

"मेरे मन में तुम कल्याण की प्रतिमूर्ति हो किन्तु तुम्हारे निकट मैं वह नहीं हूं। हो भी नहीं सकता। फिर भी तुम आती तो मेरी सब पिछली भूलें मिट जातीं, भविष्य मुझे बहुत बड़ा बना देता। ... हां, तुम दूसरों की दृष्टि में छोटी हो जाओगी, वे लज्जाजनक अपवाद लगाएंगे किन्तु मैं जानता हूं, वह सब मिथ्या है। तुम उससे बहुत ऊपर हो।" सविता स्तब्ध-सी बैठी रही; विमल बाबू ने पूछा, "क्या सोच रही हो?"

"सोचती हूं कि संसार में ऐसी भयंकर समस्या पैदा क्यों होती है? एक का प्यार जहां अपरिसीम है वहीं दूसरे को उसकी राह खोजने से भी न मिलने का क्या कारण है?"

"खोज सच्ची हो तो राह दीख जाती है; मैंने इसका बहुत अनुभव किया है। जहां प्रार्थना में कपट नहीं था वहीं राह मिल गई। जिस कामना में द्विधा नहीं होती, दुर्बलता नहीं होती उसे अस्वीकार नहीं किया जा सकता। इसी का दूसरा नाम है विश्वास। सच्चा विश्वास जगत् में कभी व्यर्थ नहीं होता नई बहू।"

"मैं चाहे जो करूं किन्तु जब स्वयं तुम्हारी चाह में छलना नहीं है तब वह मेरे निकट व्यर्थ क्यों हुआ ?"

"व्यर्थ नहीं हुआ। तुम्हें बड़ा करके पाना था, सो मैं पा गया। यह ठीक है कि तुम्हें सम्पूर्ण नहीं पाया किन्तु यदि मैं अपने विश्वास को दृढ़तापूर्वक ग्रहण किए रहा तो वह कामना भी एक दिन पूर्ण होकर रहेगी।"

इसी समय शारदा ने आकर बताया कि राखाल बाबू आ रहे हैं। शीघ्र ही राखाल ने आकर सविता की चरण-धूलि ले माथे से लगाई। फिर विमल बाबू को नमस्कार कर एक ओर बैठ गया। सविता ने हरिनपुर जाने के विषय में पूछा। राखाल ने कहा, "मेरे मतामत की कोई आवश्यकता नहीं है मां। तारक आप लोगों का मुझसे बड़ा बन्धु है। और मेरे ही मतामत पर निर्भर हों तो आप लोगों का जाना न होगा; मेरा मत नहीं है।" सविता ने विस्मित होकर कहा, "उसने बड़ी तैयारी की है, अब गए बिना उपाय क्या है बेटा ?" राखाल बोला, "कोई उपाय भी नहीं, न मेरी राय का कोई प्रयोजन है। कल शारदा कह रही थी कि आपका कहना है कि बड़ा होने पर लड़के की राय से ही काम करना पड़ता है किन्तु जिस लड़के का समय केवल दूसरों के बेगार में बीतता हो वह कभी सयाना नहीं होता, न दूसरों के निकट, न मां के निकट ? मैं आपका वही लड़का हूं मां। तुम दुखी न होना; मनुष्य की अवज्ञा के नीचे मनुष्य का भार ढोते फिरना ही मेरे भाग्य में है। आपकी अनुपस्थिति में मुझे कुछ करना हो तो आज्ञा करते जाइए; मां की आज्ञा का अनादर मैं कभी न करूंगा।" शारदा ने झल्लाकर कहा, "इस प्रकार मां को कोंचना ठीक नहीं है।" सविता ने कहा, "शारदा, राजू जो चाहे कहे किन्तु मेरे मुंह से ऐसा नहीं निकलेगा।" राखाल, "इसलिए कि आप शारदा नहीं हैं। ऐसी शारदाएं मैंने बहुत देखी हैं।" सविता ने कहा, "नहीं राजू , शारदाएं अनेक नहीं हैं; शारदा संसार में एक ही है।" राखाल जाने को उठ खड़ा हुआ। विमल बाबू ने कहा, "क्या हम दोनों का परिचय नहीं होगा ?"

सविता बोली, "यह मेरा लड़का है ; अपने दोष-गुण के साथ ही

मैं इसकी मां हूं।" राखाल बोल उठा, "बचपन में जब मेरा कोई नहीं था, इन्होंने पाल-पोसकर बड़ा किया; तभी से यह मेरी मां हैं और सदा रहेंगी।" कहकर उसने चरण-धूलि माथे से लगाई। विमल बाबू ने कहा, "यहां मन न लगने से ये कुछ दिनों के लिए तारक के पास जाना चाहती हैं, तुम्हारी क्या राय है?" राखाल, " है।" कहकर नीचे उतर गया। नीचे शारदा खड़ी थी; बोली, "एक बार मेरी कोठरी में चलना होगा, देवता। आपने बहुतेरी शारदाओं को देखा है, मैं आपसे उनका परिचय प्राप्त करूंगी।" राखाल, "मुझे काम है।" शारदा ने कहा, "काम मुझे भी है किन्तु मेरी कोठरी में न गए तो कल सुनेंगे कि शारदाएं अनेक नहीं थीं, एक ही थी।" राखाल ने कहा, "अच्छा चलो।"

पंद्रह

शय्या पर बैठकर राखाल ने पूछा, "बताओ, क्यों बुलाया है?"

"जाने के पूर्व मेरी कोठरी में आपकी चरण-धूलि पड़े इसलिए?"

"सो तो पड़ चुकी है वही बातें फेंट-फेंट कर कहोगी। वे मीठी बातें तुम्हारे मुंह से सुनने में और मीठी लगती हैं किन्तु समय नहीं है, मुझे अभी जाना होगा।"

शारदा ने पूछा, "जाकर रसोई बनानी होगी?" राखाल, "हां।" शारदा, "उसके बाद खाकर सोना होगा। पर शय्या पर नींद न आएगी, सारी रात छटपटाना होगा।" राखाल बोला, "मैंने ऐसा अपराध नहीं किया कि शय्या पर छटपटाता रहूं; पड़ते ही सो जाता हूं, इसलिए मेरे लिए चिन्ता न करनी होगी।"

शारदा बोली, "अच्छा, अब चिन्ता न करूंगी किन्तु मैंने क्या अपराध

किया है जिसके कारण मुझे नींद नहीं आती, सारी रात जागते बितानी पड़ती है?" राखाल ने कहा, "तुम्हीं जानो।" शारदा बोली, "आप नहीं जानते? "राखाल, "नहीं, न सम्भव है, न इसके लिए समय है।" शारदा ने कहा, "समय नहीं है; यह कहो कि आप डरपोक हैं। यह साफ कहा नहीं जाता कि शारदा, हरिनपुर तुम नहीं जाओगी, नई मां की इच्छा हो तो जाए?" राखाल बोला, "तुम्हें मना करने का मुझे क्या अधिकार है?" शारदा ने पूछा, "सच कह रहे हैं, नाराजी से तो नहीं?" राखाल, "सच ही कहता हूं।"

"नहीं, यह सच नहीं है। मुझे मना कीजिए; मैं मां से कह आऊं कि मेरा जाना न होगा, मुझे देवता ने मना कर दिया है।... अधिकार आपको है पर सदा दूसरों का हुक्म बजाते-बजाते आप हुक्म देने की शक्ति खो बैठे हैं। जो आदमी दावा करने में डरता है। उसका सारा जीवन दूसरों का दावा करते बीतता है। याद रखिएगा।... अकारण निर्दयता करना पौरुष का लक्षण नहीं है।"

राखाल बोला, "जब अस्पताल में तुम्हें होश आया तो तुमने कहा था कि मेरे न बचाने पर तुम्हारे बचने का रास्ता नहीं। मैंने विश्वास करके जो कुछ सम्भव था किया; आज वह सब तुम्हारे उपहास की वस्तु है। आज आए हैं विमल बाबू, आया है तारक, आई हैं नई मां। उस दिन का कुछ आज शेष नहीं है।" सुनकर शारदा ठगी-सी रह गई। बोली, "मेरा कथन मिथ्या हो सकता है किन्तु उसमें कोई छलना नहीं थी। वह मिथ्या भी था अपनी लज्जा ढकने के लिए। आपने इसे ही मेरा चरित्र समझ लिया। तब मैं और भिक्षा नहीं लूंगी। कल मां ने कुछ रुपये दिए हैं, आपके रुपये मैं लौटा दूं क्या?" राखाल बोला, "मैं गरीब हूं, मिलने से मुझे सुविधा ही होगी।" शारदा ने रुपये गिनकर कहा, "बिना अपराध आपने दण्ड दिया, यह अन्याय एक न एक दिन आपको खटकेगा।" कहकर उसने राखाल के चरणों में सिर रखकर प्रणाम किया और वैसा करते-करते रो पड़ी।

"जाता हूं", कहकर राखाल चला गया। किन्तु राह में उसे समझ न आया कि यह सब नाराजी किसलिए है। शारदा ने उसका क्या किया है? आखिर हंदय की यह जलन किस जगह है? राखाल का हृदय अपने कृत्य पर व्यथित हो गया। बेचारी बार-बार अपनी कृतज्ञता प्रकट कर चुकी है, आज भी चरणों में सिर रखकर उसे प्रकट कर गई है किन्तु उसके भाव से लगता है कि यह सब केवल कृतज्ञता नहीं है; इसका अर्थ शायद कुछ और गूढ़ है। कदाचित् यह प्रेम है। राखाल का मन भीतर ही भीतर संशय से हिल उठा। परन्तु किसी स्त्री ने उसे कभी प्यार किया हो, यह बात जैसे उसके लिए अचिन्तनीय है। आज क्या वही वस्तु शारदा उसे देना चाहती है? परन्तु वह कुलत्यागिनी है, वह निन्दिता है, वह विधवा है। इस प्रेम में गौरव और सम्मान नहीं। वह गरीब है पर राह का जूठन तो ग्रहण नहीं कर सकता।

तब भी हृदय के अंदर न जाने कैसा हो रहा है। वहां कोई बार-बार कहता कि बाहर से ऐसा होने पर भी निष्कपट नारीत्व की ऐसी महिला अन्यत्र दुर्लभ है। उसी शारदा का आज ऐसा अपमान करके वह चला आया है। डेरे पर लौटकर भी वह शान्ति से बैठ न सका, खाना भी न खा सका। बड़ी देर तक इधर-उधर करने के बाद फिर घर से निकल पड़ा। शारदा की कोठरी के सामने जाकर देखा ताला लगा है। ऊपर जाते ही विमल बाबू एवं सविता को बैठकर बातचीत करते देखा। पूछा, "शारदा कोठरी में नहीं है मां?" सविता ने उत्तर दिया, "तारक भोजन करेगा, उसी के लिए रसोई बनाने में लगी है।" विमल बाबू ने हंसते हुए कहा, "मुझे भी निमंत्रण मिला है; तुमने तो कभी कहा नहीं किन्तु उसने खाए बिना जाने ही नहीं दिया।" सविता ने पूछा, "तुमसे खाने को नहीं कहा राजू?" राखाल, "नहीं मां।" सविता बोली, "भूल गई होगी।" फिर पुकारकर शारदा से पूछा, "मेरे राजू को खाने के लिए नहीं कहा शारदा?" शारदा, "नहीं मां।" सविता, "याद न रहा होगा पर यह भी अन्याय है।" राखाल बोला, "नहीं मां, शारदा ने मुझसे पूछा भी कि डेरे पर जाकर

रसोई बनानी होगी और मेरे हां करने पर भी उसे खिलाने की बात याद नहीं आई। ... पर मैं खाने नहीं आया मां, शारदा ने कहा कि तारक के पास समय नहीं है; आने पर वह मुझसे मिलता नहीं, इसीलिए मैं समय निकालकर उससे मिलने आया हूं। शारदा को संदेह है कि तारक मुझे पसंद नहीं करता, मेरे साथ खाने के लिए बैठना उसे अच्छा न लगेगा। मैं उसे दोष नहीं देता; तारक अतिथि है; अतिथि की सुख-सुविधा को पहले देखना उसके लिए उचित है।"

सविता ने विकल होकर कहा, "तारक अतिथि है किन्तु तुम मेरे घर के लड़के हो राजू। तुम्हें आज मेरे पास बैठकर खाना ही होगा। बिना खाए चले जाने पर मुझे असीम दुःख होगा।" किन्तु राखाल ने निष्ठरतापूर्वक कहा, "विश्वास नहीं होता मां! लगता है, यह बात ही बात है। मैं कौन हूं कि मेरे बिना खाए चले जाने से आपको असीम दुःख होगा? आपको तो किसी के लिए दुःख-बोध नहीं होता; यही आपकी प्रकृति है। ... आपके सौजन्य, सहृदयता, विचार-बुद्धि की तुलना नहीं किन्तु आय दुःखी की मां नहीं हैं; दुःख का अनुभव केवल आपका बाह्य ऐश्वर्य है, अन्तर का धन नहीं। इसी से आप जैसे सहज ही किसी को ग्रहण करती हैं, वैसे ही अवहेलनापूर्वक त्याग भी कर देती हैं, ... आपने मेरे लिए बहुत किया है, मैं उसे देह और मन की सारी शक्ति से याद रखूंगा। आपसे कदाचित् फिर मेरी भेंट न होगी; ऐसी इच्छा भी नहीं है किन्तु मैंने यदि कभी कुछ पुण्य किया हो तो उसके बदले भगवान् से प्रार्थना करता हूं कि इस बार आप पर दया करें-अजाने के बीच से जाने के बीच आपको स्थान दें।" कहते-कहते राखाल का गला रुंध गया।

सविता ने क्रोध न करके गंभीर स्नेहपूर्वक कहा, "ऐसा ही हो राजू, मेरे भाग्य में वही घटित हो।" फिर उसका हाथ पकड़कर बोली, "क्या हुआ है बेटा, जिसने तुझे अस्थिर कर दिया है? नहीं तो तुम निष्ठुर नहीं हो, कटु बात कहना तुम्हारे स्वभाव में नहीं है।" राखाल ने कुछ न कहकर चरण-रज माथे से लगाई। विमल बाबू बोले, "हम दोनों का विशेष परिचय

तो नहीं है किन्तु तुम मुझे अपना हितैषी बंधु समझो।" कुछ न कहकर राखाल नीचे चला गया। वहां शारदा खड़ी थी, बोली, "आपने कहा था कि अनेक शारदाओं में से मैं भी एक हूं। कदाचित् आपकी ही बात सत्य है। दया करके आपने बचाया, मैं बच गई। आप बहुतों का उपकार किया करते हैं, मेरा भी कर दिया। जीती रही तो बस, इतना ही जान रखना चाहती हूं।" राखाल कुछ कहे बिना चुपचाप बाहर चला गया।

सोलह

दूसरे दिन सुबह जब सविता ने शारदा से अपना सामान ऊपर भेजने को कहा क्योंकि तारक सारे सामान की सूची बना रहा था, तो शारदा ने कह दिया, "हरिनपुर मेरा जाना न होगा मां!" तारक और सविता ने एक साथ ही पूछा, "क्या बात है?" शारदा ने शुष्क हंसी हंसकर कहा, "विवश हूं मां, मैं यहां से हिल नहीं सकती अन्यथा मां की सेवा छोड़कर इस सूने मकान में पड़े रहने की सजा न भोगती।"

तारक ने हाथ की नोटबुक फर्श पर फेंककर कहा, "तब दोपहर की ट्रेन से आपका जाना नहीं होगा मां, कोई स्त्री साथ न रहने से गांव में आप अकेली कैसे रहेंगी?" सविता बोली, "तारक, मेरा जन्म गांव में ही हुआ है और अधिकांश जीवन गांव में ही बीता है मुझे कोई कष्ट न होगा।" तारक ने उपहास के स्वर में शारदा से पूछा, "क्या मैं जान सकता हूं कि वह कौन-सा मातवर आदमी है जिसके आदेश के बिना आप नई मां के साथ भी नहीं जा सकतीं? राखाल बाबू तो नहीं?" शारदा का मुख अपमान से लाल हो गया, फिर भी दूसरी ओर देखते हुए उसने शान्त कण्ठ से कहा, "जो मुझे इस घर में रख गए हैं उनकी आज्ञा बिना

मेरा दूसरी जगह जाना संभव नहीं है तारक बाबू! आप अकारण नाराज हो रहे हैं।" फिर सविता को प्रणाम करके कहा, "और सब लोग चाहे मुझे गलत समझें किन्तु आप गलत न समझेंगी, यह मैं निश्चयपूर्वक जानती हूं।" सविता ने उसके सिर पर हाथ फेरकर कहा, "आज न समझें बेटी, किन्तु एक दिन सब तुम्हें समझेंगे।" शारदा के नयन भर आए। सविता ने उसे अपने समीप खींचकर कहा, "यह मैं जानती हूं कि मेरे साथ न जा सकने पर तुम्हें कितना दुःख है।"

यथासमय गाड़ी स्टेशन पर आई। सविता के मना करने पर भी तारक ने कोई असुविधा न होने देने के ख्याल से दूसरे दर्जे का टिकट लिया। बर्थ पर साफ बिछौना बिछा दिया, फिर ऊपर की बेंच पर सब सामान जमा दिया। फिर कहा, "अब तुम्हारे लिए बर्फ डालकर एक ग्लास लेमन लेने जाता हूं मां।" मां के मना करने पर भी वह मान नहीं रहा था, तब उन्होंने कहा, "ट्रेन में जल स्पर्श भी मैंने जीवन में कभी नहीं किया, तुम मेरे लिए परेशान न हो बेटा।"

थोड़ी ही देर में विमल बाबू आ गए। सविता का मुख चमक उठा; आंखों में मानो नई ज्योति आ गई। उन्होंने इधर-उधर देखकर पूछा, "शारदा कहां है?" सविता ने उदास हंसी के साथ सिर हिलाकर बताया कि वह नहीं आ सकी। विमल बाबू ने कलाई की घड़ी पर निगाह डालते हुए कहा, "मैं मोटर से जाकर शारदा को लिए आता हूं; मेरी बात वह न टालेगी।" सविता बोली, "वह न आ सकेगी; कहकर तुम उसका दुःख ही बढ़ाओगे। इसका कारण कभी फिर सुनना। हां, इतना अनुरोध तुमसे किए जा रही हूं कि शारदा अकेली है, बीच-बीच में उसकी खबर लेते रहना।" शारदा के व्यवहार से तारक पहले ही असन्तुष्ट था; उसी शारदा के प्रति नई मां का ऐसा स्नेह देख वह खीझ उठा और वहां से दूसरी ओर चला गया।

विमल बाबू ने पूछा, "क्या बात है? तारक उत्तेजित जान पड़ता है।" सविता ने कहा, "शारदा मेरे साथ नहीं आई इसीलिए वह सोचता

है, मुझे गांव में असुविधा होगी।" विमल बाबू ने कहा, "उसी का नहीं, मेरा भी ऐसा ही ख्याल है।" सविता बोली, "किन्तु मैं आज इसके विपरीत सोच रही हूं।" विमल बाबू ने इतनी करुण मुस्कान सविता के मुख पर कभी न देखी थी! बोले, "क्या मैं उसे नहीं जान सकता नई बहू?" सविता थके हुए स्वर में बोली, "सभी बातें एक दिन तुमसे कहूंगी। और कोई दूसरा तो मेरे हृदय के अन्दर के इस दाह को समझ न पाएगा, कदाचित् विश्वास भी न करेगा। इन तेरह वर्षों में जो प्रश्न बराबर मेरे हृदय में उमड़-घुमड़कर उठता रहा है उसका उत्तर अभी तक मुझे नहीं मिला है। तुम्हीं ने यह निर्मल जिज्ञासा मेरे अन्दर पैदा की है, मैं चाहती हूं कि तुम्हीं उसका उत्तर भी इस जीवन में दे दो। कितना ही बड़ा दुःख तुम मुझे देते, मैं उसे तुम्हारा दान मानकर सिर उठाकर चलती। किन्तु मेरे जीवन में तुमने दुःख नहीं भेजा है केवल तीव्र परिहास। मनुष्य का परिहास सहना कठिन नहीं है किन्तु तुम्हारा यह निष्ठुर परिहास तो सहा नहीं जाता।" विमल बाबू के मुख पर कठोर वेदना की छाया दिखाई पड़ी। उन्होंने नजर दूसरी ओर कर ली। बहुत देर तक कोई कुछ न बोला; तब सविता ने मृदु कण्ठ से पुकारा, "दयामय!" स्नेह-स्निग्ध स्वर में विमल बाबू ने कहा, "नई बहू!" सविता अनुनय के स्वर में बोली, "एक बात कहूं? कुछ ख्याल तो न करोगे?"

"जो कहना हो कहो, मैं कुछ ख्याल न करूंगा।"

"तुम मुझे नई बहू कहकर न पुकारा करो।" विमल बाबू ने कहा, "ऐसा ही होगा।"

सविता की आंखों से झरझर आंसू बहने लगे। बोली, "तुम मुझे 'रेणु की मां' कहकर पुकारा करो।" विमल बाबू बोल उठे, "तुमने कितना बड़ा दान आज दिया है, इसे तुम भी नहीं जानती। इस सम्मान की मर्यादा रख सकूं, बस मेरी यही कामना है।"

इसी समय गाड़ी छुटने की घण्टी हुई। विमल बाबू बोले, "जब वहां रहना अच्छा न लगे तो निस्संकोच चली आना। तारक को छुट्टी न मिले

तो खबर देना, राजू ले आएगा।"

तारक बर्फ मिले किसी पेय का गिलास लिये तेजी से इधर आ रहा था। विमल बाबू को देखकर बोला, "नई मां को तो बूंद भर पानी गले में न डलवा सका अब आप भी इनकार न कर दीजिएगा।" "लाओ" कहकर विमल बाबू ने गिलास ले लिया।

ट्रेन चल पड़ी। 'नमस्कार' कहकर तारक चलती गाड़ी पर चढ़ गया।

सत्रह

ब्रज बाबू का आना छोटे चचेरे भाई नवीन और भतीजों को अच्छा न लगा। वे इतने दिनों से घर-सम्पत्ति भोगते आ रहे थे, उसमें बाधा पडते देख उनका अन्दर से अप्रसन्न होना स्वाभाविक था। असली मालिक के इतने दिनों बाद आ टपकने से विचलित हो गए। परन्तु ब्रज बाबू के सामने प्रतिवाद न कर सके। इसलिए भी कि कुछ ही दिनों पहले उन्होंने एक मूल्यवान् जमीन इन्हें दान कर दी है। बड़े सोच-विचार के बाद घर का बाहरी हिस्सा उन लोगों ने ब्रज बाबू के लिए खाली कर दिया। इसमें दो बड़े कमरे थे, भीतर दालान और बाहर बरामदा था। दालान के दोनों छोर पर एक-एक छोटी कोठरी थी।

पहुंचने के दिन एक समय भोजन की व्यवस्था भी उन लोगों ने ही की किन्तु घर के भीतर खाना न खिलाकर सब सामान बाहर ही भिजवा दिया गया। रेणु इसका अर्थ समझ गई। किन्तु बचपन से ही मितभाषिणी और गम्भीर-धीर होने के कारण वह कुछ बोली नहीं।

भतीजों को जब, बातचीत में, मालूम हुआ कि धनाढ्य काका बाबू सर्वस्व गंवाकर गृहहीन हो बिना ब्याही सयानी कन्या के साथ गांव लौटे हैं और जीवन के शेष दिन यहीं पूरा करने का इरादा है तो वे डर गए।

सोचा कि कहीं वे उन्हीं लोगों पर कन्या का भार न छोड़ जाएं। ब्रज बाबू अपने गृह देवता गोविन्द जी को भी साथ लाए थे किन्तु उन्हें पारिवारिक ठाकुरबाड़ी में स्थान नहीं मिला। नवीन बाबू ने हाथ जोड़कर कहा कि यदि वे लोग ब्रज बाबू और रेणु को अपने परिवार में स्थान देने हैं तो गांव में उन्हें पतित एवं जातिच्युत होना पड़ेगा क्योंकि रेणु की मां के कुलत्याग की बात सभी जानते हैं। पैसा होने पर शायद लोगों का मुंह बन्द हो जाता, किन्तु ब्रज बाबू आज धनहीन हैं। सयानी कन्या के इतने दिन अविवाहित रहने की बात भी गांव में कोई क्षमा न करेगा, लगन चढ़ने पर भी जिस कन्या का ब्याह न हो सका और जिसकी माता कुलकलंकिनी है। इसलिए इच्छा होते हुए भी वे लोग निरुपाय हैं।

ब्रज बाबू ने कहा, "चिन्ता न करो भैया, मैं रेणु और अपने गोविन्द जी को लेकर वृन्दावन चला जाऊंगा। जब तक वह व्यवस्था नहीं होती तब तक बाहर के मकान में अलग रहूंगा। तुम लोगों को कोई असुविधा न होगी।"

रेणु ने उतने स्थान में ही प्रबन्ध कर लिया पर ब्रज बाबू बीच-बीच में व्याकुल हृदय सोचते हैं, 'गोविन्द, मैंने तुम्हें तुम्हारे ही मन्दिर के बाहर असम्मान के मध्य डाल रखा है। प्रभु, मेरी रेणु का तुम्हारे सिवा और कोई नहीं है।' कभी आरती करते-करते चिन्ता में डूब जाते हैं; पंचप्रदीप और घण्टा निश्चल हो जाता है; आंसू झरते हैं, होश नहीं रहता। रेणु पुकार उठती है, "बाबू जी।" ब्रज बाबू चौंककर फिर आरती करने लगते हैं।

इसी मानसिक पीड़ा और दबाव में दिन बीत रहे थे कि एक दिन दोपहर को पूजाघर से बाहर निकलते ही ब्रज बाबू को चक्कर आ गया गिरकर बेहोश हो गए। भय और आशंका से कातर होने पर भी अर्धमूर्छित पिता से रेणु ने पूछा कि क्या नवीन काका या भैया किसी को बुलाऊं? ब्रज बाबू ने बड़ी मुश्किल से केवल राजू का नाम लिया। रेणु ने उसी दिन उसे तार कर दिया। गांव के डॉक्टर ने कहा, "मस्तिष्क में रक्त का दबाव बढ़ जाने से यह हुआ है। सावधानीपूर्वक चिकित्सा तथा सेवा से

बच सकते हैं किन्तु भविष्य में पुनः यह घटना हुई तो फिर जीवन के लिए शंका है।"

उधर राखाल का मित्र योगेश उसके पीछे विवाह के लिए पड़ा है। दिल्ली में उसने कई लड़कियां देखी थीं, उन्हीं में से एक लड़की के सम्बन्धी इस तरह योगेश के पीछे पड़े हैं कि यदि वह स्वयं विवाहित तथा अन्तर्जातीय न होता तो उस कन्या की दयनीय स्थिति देखकर अवश्य विवाह कर लेता। बडी मुश्किल से 'सोचकर जवाब दंगा' कहकर राखाल ने योगेश से पिण्ड छुड़ाया है। किन्तु इन लड़कियों की बात सोचते समय राखाल को बार-बार एक और चेहरा याद आ जाता है, "यद्यपि विवाह की पात्री चुनने के विषय में उसका कोई अर्थ नहीं फिर भी विश्वास एवं श्रद्धा ही नहीं, आत्मीय की भांति गहरी सहानुभूति की मधुरता जो उन स्निग्ध निर्दोष नयनों से टपकती है उसे वह भूल नहीं पाता। शारदा ने कहा था कि वह बहुतों का उपकार करता है उसी तरह उसका भी किया, इसमें उसकी कोई क्षति तो हुई नहीं किन्तु क्या सचमुच क्षति नहीं हुई? क्षति न होती तो राखाल उस रात केवल शारदा को ही नहीं नई मां तक को ऐसी कटु एवं तिरस्कारयुक्त बातें कैसे कह सकता था? शारदा यदि तारक का स्वागत-सम्मान करती है तो इससे राखाल क्यों क्षुब्ध होता है? शारदा के लिए राखाल और तारक एक ही-से हैं बल्कि तारक अधिक विद्वान् एवं बुद्धिमान् हैं। तब राखाल को क्यों जलन हुई? क्यों वह एकदम आगबबूला हो उठा? यही सब सोचते-सोचते उसका मस्तक जलने लगा और पार्क में जाकर एकान्त में हएक सूनी बेंच पर वह लेट गया और आंखें बन्द किए सोचने लगा।

उस दिन जब वह एसप्लेनेड रोड के मोड़ पर ट्राम की प्रतीक्षा में खड़ा था, विमल बाबू उधर से निकले। मोटर रोककर बाहर आ गए और उससे पूछा, "अपने काका बाबू और रेणु का कुछ समाचार आया है?" राखाल ने कहा, "अच्छे हैं, तीन-चार दिन पूर्व चिट्ठी आई थी।" फिर उन्होंने पूछने पर बताया था कि वे शारदा से मिलने जा रहे हैं। तब उसने

कहा था, "वह तो यहां है नहीं, मां के साथ हरिनपुर गई है।" वे बोले, "क्या तुम्हें नहीं मालूम कि वह नई मां के साथ नहीं गई? जाने को थी किन्तु अन्त में उसने कह दिया कि उसके जाने का कोई उपाय नहीं है क्योंकि वह मालिक के हुक्म बिना घर से नहीं निकल सकती।" राखाल आज सोचने लगा कि यह मालिक कौन है? उसे समझने को कुछ बाकी नहीं रहा।

बहुत देर बाद चौकीदार के टोकने पर वह उठा, डेरे पर जाकर पड़ रहा और निश्चय किया कि सुबह उठते ही शारदा के यहां जाएगा।

अठारह

दूसरे दिन देर से राखाल की नींद टूटी। लज्जित भाव से उठकर जल्दी-जल्दी उसने तैयारी की और जम्हाई आती रहने पर भी पिए निकल रहा था कि तार के पियन ने पुकारा, "तार है।" तार खोलकर पढ़ते ही उसके चेहरे पर दुश्चिन्तावश अंधेरा छा गया। ब्रज बाबू बीमार हैं; रेणु ने तुरन्त बुलाया है। साढ़े आठ बजे हैं, नौ की गाड़ी नहीं मिल सकती क्योंकि बाज़ार से फल, पथ्य आदि खरीदना होगा। निश्चय किया कि साढ़े बारह की गाड़ी से जाएगा, जिसके लिए पर्याप्त समय है।

शारदा अपनी कोठरी के सामने ही चटाई बिछाए चार-पांच छोटे बच्चों को पढ़ा रही थी। राखाल को देखते ही उन्हें छुट्टी दे दी, फिर सहज-शान्त भाव से राखाल को प्रणाम करके बोली, "अन्दर चलिए।" राखाल ब्रज बाबू की बीमारी के तार से उद्विग्न तो था ही, शारदा के शान्त उत्तर से और चिढ़ गया पूछा, "तुम हरिनपुर क्यों नहीं गईं, जान सकता हूं शारदा?" शारदा चुप रही। इस चुप्पी के कारण राखाल की खीझ और बढ़ गई। बोला, "मेरा ऋण तो तुमने कौड़ी-कौड़ी चुका दिया इसलिए

मुझे उत्तर दिए बिना भी चल जाएगा, किन्तु इसी बीच क्या नई मां का ऋण भी चुका दिया शारदा?" इस बार वेदना के साथ शारदा बोली, "जो कहना हो यहां बाजार में खड़ा होकर न कहिए, अन्दर चलकर कहिए। मैं अभी आती हूं, चले न जाइएगा।" कहकर वह चली गई। राखाल कहता ही रहा कि मुझे बैठने की फुर्सत नहीं है।

थोड़ी ही देर में शारदा गरम पानी से भरी केतली आंचल की छोर से पकड़े हुए आई और नये डब्बे से चाय डालकर चाय तैयार कर दी। चाय न पीने से राखाल का सिर भन्ना रहा था। शारदा ने चाय का प्याला तश्तरी और चम्मच के साथ सामने रख दिया तो राखाल बोला, "इसके लिए इतनी देर मुझे बिठा रखना ठीक नहीं हुआ शारदा। इसकी कोई आवश्यकता न थी।" शारदा ने भोलेपन के साथ कहा, "मुझे मालूम न था, न हो रहने दीजिए, लौटा ले जाती हूं।" ओठों में दबी शरारत की हंसी थी, जिसे राखाल खूब पहचानता है। बोला, "जब मेरे नाम पर बनाई है तब लौटाना ठीक न होगा।" ओठ दबाकर हंसते हुए शारदा ने चाय का प्याला उसके हाथ में दे दिया और बाहर चली गई। थोड़ी देर में एक प्लेट में कुछ रसगुल्ले और गर्म समोसे लाकर दिए। बोली, "मेरे पास दूसरा प्याला नहीं है इसलिए इसे खाली कर दीजिए; एक प्याला और चाय इसमें डाल दूं, पीनी होगी।" चाय-नाश्ते के बाद मुंह-हाथ धुलाकर शारदा ने कहा, "उस समय बाहर जो कुछ कह रहे थे वह अब आंगन से नीचे उतरकर कहिएगा; चलिए।"

राखाल ने कहा, "देखता हूं, आजकल हर बात में तुम मेरा उपहास करती हो शारदा।" शारदा ने जीभ काटकर कहा, "कहते क्या हैं देवता? इतना बड़ा दुस्साहस करूंगी? ब्रह्म तेज से भस्म न हो जाऊंगी?"

राखाल ने गंभीर होकर पूछा, "अच्छा सच बताओ, नई मां को अकेले हरिनपुर भेजकर तुम कलकत्ता क्यों रह गईं?" शारदा बोली, "पहले बताइए, आप मेरी एक बात का सच-सच जवाब देंगे?" राखाल ने कहा, "दूंगा।" शारदा बोली, "आप जो प्रश्न मुझसे पूछ रहे हैं उसका उत्तर

क्या सचमुच आप नहीं जानते?" राखाल ने कठिनाई में पड़कर कहा, "अपने अनुमान की यथार्थता जानने के लिए ही तो तुमसे पूछता हूं।" शारदा, "तो समझ लीजिए कि आपका मन जो कहता है वही सत्य है।" राखाल चुप बैठा रहा। शारदा जूठी तश्तरी-प्याला आदि लेकर जाने लगी। राखाल ने कहा, "तो भी तुम अपने मुंह से स्पष्ट नहीं बता सकतीं कि क्यों तुम्हारा जाना नहीं हुआ?" शारदा ने हंसकर हाथ के जूठे प्याले आदि की ओर इशारा करके कहा, "इसीलिए। अब तो आपको स्पष्ट उत्तर मिल गया।" कहकर वह बाहर चली गई। राखाल सोचने लगा, इस शारदा के समान क्या और किसी को उसने जीवन में कहीं देखा है? जीवन-रक्षा के मूल्य में इस प्रकार जीवन का उत्सर्ग और कौन कर सकती है?

धुले पात्र सजाती हुई शारदा ने कहा, "जिस दिन पहली बार आपकी चरण-धूलि इस घर में पड़ी थी मैंने आपको चाय पिलाने का आग्रह किया था। उस दिन आपने कहा था कि किसी और दिन मैं तुम्हारी चाय मांगकर पी जाऊंगा। तभी से मैंने चाय का सामान घर जुटा रखा है। जानती थी कि एक न एक दिन आप यहां बैठकर मेरे हाथ का नाश्ता-चाय ग्रहण करेंगे ही, किन्तु आपने स्वयं मांगकर खाने का जो आश्वासन दिया था वह मेरे भाग्य में बदा नहीं था।"

राखाल सहसा उठकर खड़ा हो गया, बोला, "मैं जाऊंगा, मुझे साढ़े बारह की गाड़ी पकड़नी है।" शारदा ने आश्चर्य से पूछा, "कहां?" राखाल ने कहा, "काका बाबू बीमार हैं, रेणु ने आने के लिए तार भेजा है।" शारदा ने कहा, "नई मां को खबर दी?" राखाल बोला, "नहीं, तुम्हारे पास उनकी चिट्ठी-पत्री आती है क्या?" शारदा बोली, "हां, वह हर चिट्ठी में काका बाबू, रेणु और आपकी कुशल पूछती हैं।" राखाल, "तो तुम्हीं लिख देना।" शारदा ने कहा, "लिख दूंगी। पर ठहरिए मैं अभी आई।"

शारदा थोड़ी ही देर में साफ-सुथरे कपड़े पहनकर एक पोटली हाथ में लिये आ गई और बोली, "मुझे भी आपके साथ चलना होगा देवता!

रेणु बच्ची है, अकेली है। मैं कुछ कर सकूंगी। इनकार न कीजिएगा, आपके पांव पड़ती हूं। वे मुझे जानते हैं, मेरे जाने से असन्तुष्ट न होंगे।" राखाल ने सोचकर देखा कि उसके जाने से लाभ के सिवा हानि कुछ नहीं है। बोला, "अच्छा तुम नहा-धो, खा-पीकर तैयार रहो। मैं बाजार से सामान खरीदकर आता हूं। ... मेरी चिंता न करना, मैं स्टेशन के रेस्तरां में खा लूंगा।" शारदा ने कहा, "मेरी रसोई चढ़ी है। साढ़े दस तक तैयार हो जाएगी। आज दो कौर यहीं खा लीजिएगा।" बहुत कुछ कहने पर राखाल राजी हो गया।

राखाल बाजार से लौटा तो पौने ग्यारह हो रहे थे। साथ में संतरा, बेदाना, अंगूर, मिश्री, बार्ली, सागू, मक्खन, बिस्कुट आदि ले आया था। हाट बैग, आइस बैग आदि जरूरी सामान, अपना बिस्तरा और बैग भी साथ था। राखाल ने बड़ी तृप्ति के साथ भोजन किया। फिर मुंह-हाथ धुलने पर पान के बीड़े सामने आ गए। राखाल बोला, "कैसी है ईश्वर की माया, कहां स्टेशन का खाना कहां शारदा के हाथ का अमृततुल्य भोजन। पानी, गमछा, घर के पान। आज किनका मुंह देखा था।" शारदा हंसती हुई यह कहकर चली गई कि मैं दस मिनटों में आती हूं। एक छोटा-सा बिछौने का बंडल वहां रखा वह चली गई। दस ही मिनट में लौटते देख राखाल ने पूछा, "तुम खा चुकीं शारदा !" शारदा बोली, "खाने ही तो गई थी।" राखाल, "इतनी जल्दी ? तुमने अच्छी तरह खाया है।" शारदा ने कहा, "आज मैंने सदा से ज्यादा अच्छी तरह नहीं खाया। भला देवता के प्रसाद का अनादर करूंगी।"

राखाल ने पूछा, "तुम्हारा बक्स कहां है ?"

"तीन-चार साड़ियां और दो-तीन समीजें इसी बिस्तरे में बांध ली हैं। मेरे लिए काफी हैं। मैली होने पर साबुन से धोकर साफ कर लूंगी जो रोज यहां करती हूं।" राखाल ने सोचा कि कपडों की इतनी कमी होने पर इसने मुझसे कुछ कहा नहीं। पर ऊपर से उस बारे में कुछ न कहकर बोला, "अच्छा मैं टैक्सी लेने जाता हूं।" शारदा चौंककर बोली,

"अरे, मैं तो भूल ही गई। आप जब बाजार गए थे तो विमल बाबू आए थे। उन्होंने कहा है कि मैं अभी आता हूं, स्टेशन पहुंचा दूंगा। उन्हें आपसे कुछ प्रयोजन भी है।" सहसा राखाल की कोमलता गायब हो गई। उसने कहा, "मैं ठहर नहीं सकता, टैक्सी लेने जाता हूं...।" इसी समय मोटर का हार्न सुनाई दिया।

सामान लादकर विमल बाबू ने दोनों को स्टेशन पहुंचा दिया फिर राखाल का हाथ पकड़कर कहा, "राजू भैया, मेरे एक अनुरोध की रक्षा करना। ब्रज बाबू की बीमारी में यदि किसी प्रकार की सहायता की जरूरत हो तो तार देना न भूलना। सूचना मिलते ही किसी बड़े डाक्टर को लेकर रवाना हो जाऊंगा। मैं ब्रज बाबू एवं रेणु का हितैषी हूं, इसमें अविश्वास न करना। मैं जानता हूं, तुमसे बढ़कर उनका बन्धु कोई नहीं किन्तु मेरे द्वारा जरा भी उपकार की संभावना हो तो न भूलना। मैं जानता हूं राजू, कि आज रेणु एवं ब्रज बाबू कितने असहाय हैं।" सुनकर राखाल की आंखें भर आईं। बोला, "आपके प्रति मैंने अन्याय किया है, क्षमा कीजिएगा। काका बाबू की बीमारी में सहायता की आवश्यकता पड़ने पर आपको अवश्य खबर दूंगा।"

उन्नीस

तारक की नियमित निपुण सेवा और भक्त की-सी निष्ठा से सविता के मन की क्लांति शीघ्र ही दूर हो गई। एक दिन सविता ने उससे पूछा, "तारक, मुझे हरिनपुर लाने के सम्बन्ध में तुमने राजू को क्यों खबर नहीं दी, सबसे पहले तो उसी से बतलाना उचित था?" तारक ने कहा,

"एक दिन बताऊंगा मां। राखाल ने आपसे शिकायत की होगी या एक दिन करेगा, इसलिए मैं भी आपसे सब कुछ कह देना चाहूंगा।" सविता ने कहा, "मैंने सुना था कि तुम राजू के घनिष्ठ मित्र हो इसलिए समझती थी कि तुम उसे पहचानते होगे किन्तु लगता है, तुम उसे नहीं पहचानते। शिकायत करने की शिक्षा ही उसने नहीं पाई है तारक, सहने की ही शिक्षा पाई है।"

तारक उत्तेजित होकर बोला, "परन्तु मैंने तो उसे ठीक उलटा पाया है। आपने उसे केवल स्नेह एवं अन्न के रस से ही पुष्ट नहीं किया है, सब शिक्षा-दीक्षा भी उसे आपके ही निकट प्राप्त हुई है। जिसका स्नेह आड़ से विधाता की करुणा की भांति उसके जीवन की रक्षा करता आ रहा है, उसी मां का उसने जो परिचय मुझे दिया था, वह मां मानता होता तो कभी न दे पाता। उसने मुझे ऐसा परिचय दिया था कि आपके प्रति मुझे घृणा हो जाए किन्तु मूर्ख यह न समझ सका कि आग को राख बताने का भ्रम ज्यादा दिन नहीं चलता; आग शीघ्र ही अपना परिचय दे देती है। ... उसने अतिरंजित कहानी सुनाकर मुझसे पूछा था कि 'इससे घृणा होती है या नहीं!' मैंने कहा, "वही तो स्वाभाविक है।' मैं नहीं समझता था कि वह मेरे मन में क्यों आप पर अश्रद्धा उत्पन्न करना चाहता था।"

सविता ने शान्त भाव से कहा, "राजू मिथ्या नहीं कहता तारक! जो कुछ उसने तुमसे कहा सब सत्य है।" तारक का मुंह सूख गया, बोला, "आप नहीं जानती कि उसने कैसी भयानक बात कही है।" सविता बोल उठी, "जानती हूं; राजू के मुंह से सुनी कोई भी बात मिथ्या नहीं है।" तारक को लगा जैसे उसका गला किसी ने दबा दिया हो। सविता ने कहा, "तुमने राजू के सम्बन्ध में भ्रम ही नहीं अविचार भी किया है। बाद में तुम मालूम होने पर गलत न समझो, इसलिए उसने सब कुछ तुमसे कह दिया है।" तारक ने कहा, "किन्तु मैंने तो कुछ जानना नहीं चाहा था।"

सविता ने कहा, "तुम शिक्षित एवं बुद्धिमान् हो। बाहर देखकर भीतर का विचार करना कभी ठीक नहीं होता। साधारण लोग इसे समझना नहीं

चाहते किन्तु तुम तो साधारण नहीं हो। राजू इसे जानता है इसीलिए उसने अपनी नई मां के दुर्भाग्य की कथा खोलकर तुम्हें बता दी।" तारक ने बड़ी देर तक चुपचाप सिर झुकाए रहने के बाद कहा, "राखाल ने एक दिन मुझसे कहा था कि संसार में हजार में से नौ सौ निन्यानबे स्त्रियां साधारण होती हैं, कहीं कभी एकाध असाधारण स्त्री दिखाई पड़ती है। नई मां वही कहीं कभी मिल जाने वाली एक स्त्री हैं। चाहकर भी कोई उनका अनादर नहीं कर सकता। उसने सत्य ही कहा था मां।" सविता कुछ नहीं बोली। तारक ने कहा, "बचपन में ही मेरी मां नहीं रही थीं; पिता ने ही मुझे पाल-पोसकर बड़ा किया किन्तु वही जब अपने सुख के लोभ से एक सौतेली मां ले आए तब दुःख, अभिमान और घृणावश मैं घर छोड़कर चला आया। पिता का मुंह फिर नहीं देखा। आपको पाकर फिर से जीवन में माता-पिता के स्नेह का स्वाद पाया। आप मेरे लिए मां के अतिरिक्त और कुछ नहीं हैं। आपके जीवन में चाहे जो आंधी-तूफान हो, जो चोट लगी हो किन्तु आपके हृदय के असीम मातृस्नेह को वह जरा भी सुखा नहीं पाई। सन्तान के लिए यही सबसे बढ़कर पाना है।" कहते-कहते उसका गला रुंध गया। सविता की आंखें भी भर आई थीं किन्तु वह कुछ न बोली। जो गूढ़ वेदना इतने दिनों से छिपाकर वह ढोती आ रही थी उसी को तारक ने आज छू दिया। इसी समय डाकिये ने आवाज लगाई, "चिट्ठी है।"

तारक चिट्ठी ले आया। सविता को शारदा ने लिखा है कि राजू के मुंह से विमल बाबू को मालूम हुआ कि गांव में कन्या सहित ब्रज बाबू कुशलपूर्वक हैं। सविता ने पढ़कर कहा कि लगता है कि राखाल शारदा के यहां नहीं जाता। जाए भी कैसे, उसे क्या मालूम कि शारदा हरिनपुर नहीं गई। न हो तारक, तुम राजू को यहीं आने को लिख दो। यहां आने से तुम दोनों मित्रों के मानाभिमान की मीमांसा भी हो जाएगी। तारक ने कहा, "आज ही लिखे देता हूं।"

सविता ने कहा, "मैं निश्चय नहीं कर पाती तारक, कि मेरा राजू

अधिक स्नेह का धन है या रेणु?" तारक बोला, "रेणु के साथ राजू की तुलना नहीं हो सकती। राजू लाख चाहने पर भी सन्तान-तुल्य ही रह जाएगा, सन्तान नहीं हो सकती। राजू ने आपको हरिनपुर आने को मना किया था तो भी आप चली आईं किन्तु रेणु अगर हठ करती तो आप हर्गिज न आ सकती।" सविता बोली, "ठीक कहते हो तारक। लगता है कि मनुष्य अपने ही हृदय को सबसे कम समझता है। पर राजू मेरे निकट रेणु से बढ़कर भले ही न हो मैं राजू के निकट मां से बढ़कर हूं।"

इसी समय शिवू की मां ने आकर कहा, "मां जी, देर हो रही है; चलकर भोजन बना लीजिए।" तारक बोल उठा, "बहुत दिनों से आपके हाथ का अमृत-प्रसाद पा रहा हूं मां, किन्तु अपनी राजराजेश्वरी मां को मैं रोज अपने हाथों भोजन बनाने, मसाला पीसने, कपड़े धोने का काम नहीं करने दूंगा।" सविता की आंखें भर आईं, करुण हंसी के साथ बोली, "इतना भी काम न करने दोगे तो यही मुझ पर अत्याचार होगा भैया; महाराज का बनाया खाना मेरे गले के नीचे नहीं उतरेगा।" तारक ने पूछा, "क्या आप सदा इसी तरह हाथ से काम करती रहेंगी मां?" सविता ने कहा, "यह तो नहीं जानती कि सदा करूंगी किन्तु इस समय तो मैं दास-दासी की सेवा किसी तरह सहन नहीं कर पाती। कभी ईश्वर की कृपा हुई तो तुम्हारे यहां आकर पलंग पर बैठे-बैठे दास-दासियों से सेवा लूंगी बेटा।"

तारक कुछ समझ न सका। बोला, "मां मनुष्य मनुष्य को छोटा कैसे समझता है? मैं तो मनुष्य का परिचय मनुष्य रूप के सिवा दूसरे रूप में पाता ही नहीं। मेरे निकट मुलमान, ईसाई, ब्राह्मण, बौद्ध सब समान हैं।" सविता बोली, "तुमसे परिचय के पूर्व से ही मैं जानती हूं कि तुम्हारा हृदय कितना उच्च और उदार है। तुम्हें मैं स्नेह ही नहीं विश्वास भी करती हूं। इसीलिए तुम्हारे स्नेह के आवाहन पर मैं राजू के मन को भी व्यथा देकर यहां चली आई।" तारक ने कहा, "मुझ पर इतना स्नेह, इतना विश्वास मां!"

सविता बोली, "तुम तो जानते हो तारक, मेरे कोई लड़का नहीं है।

राजू ने वह अभाव पूरा किया है किन्तु उसमें भी अपूर्णता है। वह शून्यता तुम्हें ही पूरी करनी है तारक।" तारक अभिभूत की भांति ताकता रह गया।

बीस

शारदा के साथ राखाल जब ब्रज बाबू के पास पहुंचा तो रोग का प्रबल प्रकोप कुछ-कुछ शान्त हो चला था फिर भी वे पूर्णत: नीरोग नहीं हुए थे। उनका शरीर और मन दोनों दुर्बल हो गए थे। राखाल को देख उनकी आंखों से आंसू बहने लगे और राखाल की आंखें भी अपने पिता समान काका बाबू को देखकर भर आईं। ब्रज बाबू बोले, "तुम्हारी बहन को देखने वाला कोई नहीं है राजू, इसीलिए मैंने तुम्हें बुलाया है। यहां हम लोग जाति बहिष्कृत हैं, अपने ही घर में तिरस्कृत। मेरे बाद रेणु का भार यहां कौन लेगा? रेणु का विवाह हो जाता तो मैं निश्चिन्त मन से गोविंद जी के चरणों में स्थान ग्रहण करता। पर रेणु तो ब्याह करने को तैयार ही नहीं होती। वह अपनी मां की तरह जिद्दी है। मेरे और भगवान के सिवा कोई नहीं जानता की नई बहू की जिद कैसी थी। इसी जिद के लिए उसे अपने सारे जीवन की बलि देनी पड़ी है। रेणु उसी मां की बेटी है। नई बहू की तरह तेजस्विनी, सच्चरित्र तथा सत् प्रकृति की स्त्रियां संसार में बहुत थोड़ी होती हैं। यह मैं बहुत अच्छी तरह जानता हूं। यही नई बहू... " कहते-कहते कण्ठ रुंध गया। फिर गला साफ कर बोले, "पर मैं उसे दोष नहीं देता राजू, मेरे भाग्य में यही लिखा था।"

राखाल ने कहा, "आप स्वस्थ हो जाइए, ये बातें तो फिर होती रहेंगी।" इसी समय शारदा ने आकर प्रणाम किया। चकित होकर ब्रज बाबू ने पूछा, "क्या तुम्हारी नई मां भी आई है राजू?" राखाल बोला, "नहीं, वे

तो कलकत्ता में नहीं हैं; तारक के पास उसके गांव गई हैं। शारदा आपकी बीमारी की खबर सुन बहुत परेशान हो गई; कहा–काका बाबू मुझे जानते हैं, मेरी सेवा पर आपत्ति न करेंगे।" ब्रज बाबू ने कहा, "जब तक मेरी बेटी है, किसी की सेवा लेने की बात ही नहीं है राजू। किन्तु शारदा ने अच्छा किया। वह रेणु की देख-रेख कर सकेगी।"

राखाल ने पूछा, "क्या नई मां को आपकी बीमारी की खबर दे दूं?" ब्रज बाबू त्रस्त होकर बोले, "नहीं-नहीं, मेरी बीमारी की खबर सुनकर वह किसी तरह रुक न पाएगी।"

सिर में रक्तचाप बढ़ जाने के कारण ब्रज बाबू के बायें अंग में पक्षाघात के लक्षण प्रकट हो चुके हैं; प्राण-हानि की आशंका है। गांव के डाक्टरों के मत से ऐसे रोगी के लिए कलकत्ता ले जाकर ही चिकित्सा करना ठीक है किन्तु वर्तमान अवस्था में वह संभव न होने से वहां से कोई अनुभवी डाक्टर शीघ्र बुलवाना चाहिए। राखाल नाम से बहुत डाक्टरों को जानता है परन्तु इस रोग का कौन विशेषज्ञ है, यह उसे नहीं मालूम। रुपया भी काफी चाहिए। उसके पास जो कुछ था पहले रेणु और इधर ब्रज बाबू के लिए सामान-पथ्य आदि खरीदने में वह खर्च कर चुका है। अब दो ही उपाय हैं- नई मां को लिखकर रुपये मंगाना या फिर उसके लिए विमल बाबू को लिखना। राखाल ने शारदा से सलाह कर विमल बाबू को ही सूचित करना स्थिर किया और उनको सूचित कर दिया।

•

रेणु गोविंद जी के भोग की तैयारी कर रही थी। शारदा थोड़ी दूर बैठी तरकारी काटती एवं बातें करती जा रही थी। रेणु सुनती ज्यादा है, बोलती बहुत कम है। यह उसका स्वभाव ही बन गया है। शारदा कह रही थी, "आज देवता विमल बाबू को कलकत्ता से डाक्टर लेकर आने के लिए तार दे रहे हैं। शायद कल ही डाक्टर के साथ आ जाएंगे। उनके आ जाने

से सब बातों की उचित व्यवस्था हो जाएगी और काका बाबू शीघ्र ही स्वस्थ हो सकेंगे। उसके ऐसा आदमी दुनिया में दुर्लभ है रेणु। करोड़पति होकर भी निरहंकार और सहज ही विनीत! उन्होंने गृह-हीन होकर रास्ते में खड़े होने की लज्जा से हम सबको बचाया। हम लोगों का आश्रय, बल-भरोसा मां जब निराश्रिता हो रही थीं उस समय की हमारी घबराहट को केवल भगवान् जानते हैं। मेरा तो मां के सिवा संसार में कोई सहारा न था; उन्हीं के स्नेह और देवता के यत्न से मेरा पुनर्जन्म हुआ। मैं सब कहानी तो तुम्हें बता चुकी रेणु। अब सोचती हूं भाग्य से ही उस दिन मैं मरी नहीं।"

रेणु ने हंसकर पूछा, "शारदा दीदी, उस दिन तुम मर जातीं तो तुम्हारी क्या क्षति होती?" शारदा बोली, "बहुत क्षति होती। अभी तो बच्ची हो, उसे समझ न पाओगी। संसार में अच्छी चीज पाने के लिए बड़ी कीमत चुकानी पड़ती है; दुर्लभ का बड़ा मूल्य होता है। जो जीवन में जितना ही बड़ा संचय कर पाया है उसे उतना ही ज्यादा मूल्य भी चुकाना पड़ा है। मैं समझ पाई हूं कि कसौटी पर परीक्षा हुए बिना जीवन की परख नहीं होती।"

रेणु ने पूछा, "तुमने तो जीवन में बड़ा दुःख पाया है बहन, उससे क्या कोई विशुद्ध चीज जमा कर पाई हो?" शारदा चौंक पड़ी। रेणु से उसे ऐसे प्रश्न की आशा न थी, बोली, "यह तो नहीं जानती परन्तु मैंने जीवन में यथेष्ट संबल पाया है और वह बिल्कुल खरा है।" सरलमति रेणु ने ममता-विगलित कण्ठ से कहा, "जो स्वामी तुम्हें असमय छोड़कर भाग गए उनकी अब इतनी भक्ति करती हो?" शारदा के मुख पर वेदना की छाया दिखाई पड़ी; उसने कुछ उत्तर नहीं दिया। इसी समय राखाल ने रेणु को पुकारकर कहा, "तेरी रसोई बन चुकी हो तो इधर आ कुछ बातें करनी हैं।"

थोड़ी देर में रेणु आकर राखाल के पास बैठ गई। राखाल बोला, "देखो, काका बाबू के जरा अच्छा होते ही यहां से डेरा कूच करना होगा।

जब तक बिल्कुल स्वस्थ न हो जाएं कलकत्ता जाकर एक छोटा घर लेकर रहना पड़ेगा। पर उसके बाद की व्यवस्था क्या होगी, यही सोचता हूं। यहां तो लौटकर आया नहीं जा सकता।" रेणु ने बीच में टोका, "क्यों ?" राखाल विस्मित स्वर में बोला, "यहां इतने दिन रहकर भी समझ नहीं पाई रेणु ? लोगों का व्यवहार देखती है ! काका बाबू इतने अस्वस्थ हैं फिर भी कोई झांकता नहीं।" रेणु बोली, "किन्तु वहां सदा हमारा रहना कैसे हो सकता है राजू भैया ? यहां घर का किराया नहीं देना पड़ता; महरी केवल एक रुपया महीना लेती है, शाक-सब्जी का मूल्य नहीं देना पड़ता, खर्च कितना कम है ?" राखाल ने कहा, "किन्तु काका बाबू की जैसी अवस्था है उस पर भरोसा नहीं किया जा सकता बहन। उसके न रहने पर तेरा आश्रय कहां है ? जाति-भाई अलग, सौतेली मां चुपचाप पितृकुल में खिसक गई हैं। कलकत्ते में जाकर तेरे विवाह की व्यवस्था हो गई तो इस थोड़ी आय में भी काका बाबू हमारे साथ अच्छी तरह रह सकेंगे। लड़की के भविष्य की दुश्चिंता ने ही काका बाबू को इस प्रकार चिंतित कर रखा है; तुझे किसी सत्पात्र के हाथ में देने पर चिंता दूर हो जाएगी और वे आसानी से स्वस्थ हो जाएंगे।"

रेणु कोमल स्वर में बोली, "बाबू जी को छोड़कर मैं कहीं न जा सकूंगी राजू भैया। ब्याह में मेरी जरा भी रुचि नहीं है, मैं ब्याह न कर सकूंगी।" राखाल ने कहा, "मैं तो तुझे बुद्धिमती समझता था पर तू तो पागल है। उस दिन जब तूने यह बात कही थी तो अपनी दुर्दशा के बीच काका बाबू को बड़ी सांत्वना मिली थी किन्तु आज यदि तू हठ करेगी तो उन्हीं के दुःख और दुश्चिन्ता का कारण हो जाएगी। स्थान, काल और अवस्था के अनुसार एक व्यवस्था कभी मंगलकारी होती है, कभी उसी से अमंगल होता है। तुम अब सयानी हो, सब ओर से विचार करके देखो।"

रेणु सिर झुकाए चुप बैठी रही।

इक्कीस

कलकत्ता से प्रसिद्ध एवं अनुभवी डाक्टर आए, ब्रज बाबू को देखा, चिकित्सा की व्यवस्था की ओर लौट गए। विमल बाबू कुछ दिन रुक गए; कलकत्ता अपने कार्यालय को लिख दिया कि मेडिकल कॉलेज के आसपास एक छोटा हवादार मकान किराए पर ले लिया जाए।

इधर ब्रज बाबू पहले से अच्छा अनुभव कर रहे हैं सब लोग प्रसन्न हैं। विमल बाबू रोगी की शय्या के पास बैठे अखबार पढ़ रहे हैं। ब्रज बाबू बोले, "न जाने क्या सोचकर आपने मेरा डूबता व्यापार खरीद लेना चाहा था–ऐसा व्यापार जिसमें रुपये लगाना नदी में पैसे फेंकने के समान था। अद्‍भुत आदमी हैं आप।" विमल बाबू ने कहा, "मुझसे कहीं ज्यादा अद्‍भुत तो आप हैं जो जानते हुए भी अपने धोखेबाज आत्मीयों के हाथ सारा कारबार सौंपकर निश्चिंत थे।"

ब्रज बाबू ने मलिन हंसी हंसकर कहा, "दुनिया में मनुष्य का विश्वास करना क्या इतना बड़ा अपराध है विमल बाबू? मैं तो किसी भी कारण विश्वास नहीं खो सकता।" विमल बाबू ने पूछा, "क्या बारम्बार हानि उठाकर और दुःख-कष्ट भोगकर भी विश्वास बनाए रखना संभव है?" ब्रज बाबू ने कहा, "रखना अच्छा है। अविश्वासी के लिए तो कोई भी आश्रय या सांत्वना नहीं है। विश्वास करके मैं कभी ठगा नहीं गया। बाहरी लोगों ने मुझे बार-बार अबोध कहा है किंतु मैं जानता हूं कि भूल मेरी नहीं उनकी है।"

फिर बात-बात में ब्रज बाबू ने पूछा कि वे विवाह क्यों नहीं करते। विमल बाबू ने बताया, "समय एवं सुयोग का अभाव तथा अनिच्छा।" ब्रज बाबू विवाह पर जोर देने लगे। विमल बाबू ने कहा, "विवाह का मौसम निकल गया। मेरी समझ से जीवन में विवाह का एक निर्दिष्ट शुभ

लग्न होता है। उसके निकल जाने पर विवाह नहीं होता। इसके बाद किया विवाह ठीक विवाह नहीं होता। वह केवल पुरुष-स्त्री का एकत्र रहना-भर है। कहीं वंश चलाने, कहीं सुख के प्रयोजन से, कहीं केवल मन की विलासिता के लिए यह विवाह होता है। संसार में समाज अनुमोदित नर-नारी मिलन को विवाह कहा जाता है किंतु मैं ऐसा नहीं मानता। मनुष्य के जीवन में एक ऐसा समय आता है जब उसका हृदय आनंद-रस से भर जाता है, उस परम क्षण में नर-नारी का वांछित मिलन देह एवं मन के रस से रंगीन हो जाता है। दो हृदयों, दो देहों और मनों की उस रस-मधुर स्थिति को ही मैं विवाह कहता हूं। उस गोधूलि-वेला की आयु बहुत थोड़ी होती है। मानव-जीवन में विवाह का क्षण वही होता है।

ब्रज बाबू ने मुस्कराकर कहा, "यह सब लोगों के काव्य के पन्नों में लिखा है, वास्तविक जीवन के हिसाब के खाते में नहीं।" विमल, "मेरे जीवन में विवाह का ज्ञान तो एक बार भी आया नहीं, आपको तो उसका परिचय एकाधिक बार हो चुका है। आप मुझसे ज्यादा ही जानते हैं।" ब्रज बाबू, "इसीलिए तो कहता हूं कि ब्याह के फूल खिलने का दिन आज भी आपका अखंडित है। ... अच्छा, आप भाग्य को मानते हैं? क्या स्वीकार करते हैं कि जन्म, मृत्यु और विवाह ये तीनों बात, पूर्णत: भाग्य के ऊपर निर्भर हैं?"

विमल बाबू ने कहा, "भाग्य को कुछ-कुछ मानता हूं। जन्म और मृत्यु पर भी विज्ञान की सहायता से मनुष्य कुछ-कुछ अधिकार कर पाया है किंतु विवाह तो सामाजिक सुविधा के लिए मनुष्य का गढ़ा हुआ नियम है। इस क्षेत्र में मनुष्य की इच्छा ही प्रधान है।" ब्रज बाबू चुपचाप आंखें मूंदकर पड़ रहे। विमल बाबू भी अखबार पढ़ने लगे। कुछ देर बाद ब्रज बाबू सहसा उठ बैठे और हाथ बढ़ाकर विमल बाबू का एक हाथ दृढ़तापूर्वक पकड़ लिया। फिर व्यग्र कण्ठ से बोले, "मेरे एक अनुरोध की रक्षा करेंगे? अनुरोध नहीं, प्रार्थना, मैं भीख मांग रहा हूं।" कहते-कहते उन्होंने विमल बाबू के दोनों हाथ पकड़ लिये।

विमल बाबू ने कहा, "आप क्या कर रहे हैं, मैं आपके छोटे भाई जैसा हूं। आप जो आज्ञा करेंगे उसका पालन करूंगा। ऐसा करके मुझे अपराधी न बनाइए।" ब्रज बाबू बोले, "नहीं-नहीं, वह मेरी प्रार्थना ही है। बोलिए, मेरी विनती मानेंगे ? " विमल बाबू ने कहा, "साध्य होने पर अवश्य मानूंगा।" ब्रज बाबू के नयन भर आए। बोले, "गोविंद जी आपका भला करेंगे, मेरी जन्म की दुखिया बेटी का भार आप ले लीजिए विमल बाबू। उसे आपके हाथ सौंपकर मैं निश्चित हो जाऊं।" विमल बाबू ठगे-से रह गए। उन्होंने कल्पना भी न की थी कि अपनी लड़की के लिए ब्रज बाबू उन्हें पात्र रूप में चुन सकते हैं। बोले, "आप जरा स्वस्थ हो लें ; इन सब बातों पर बाद में विचार कर लिया जाएगा।"

ब्रज बाबू ने कातर होकर कहा, "आप उदार और उन्नतमना हैं; और किसी के आगे विश्वासपूर्वक मैं यह प्रस्ताव नहीं कर सकता। मेरे जीवन के दुःख और दुर्दशा की कथा से भी आप परिचित हैं। देवता के निर्माल्य की भांति मेरी लड़की निष्पाप है; उसके गुणों की सीमा नहीं है; रूप भी उपेक्षा योग्य नहीं है। उसका ब्याह होना कठिन है। मेरे पास न धन-बल है, न लोक-बल है, न कुल-गौरव है।" बड़ी आशा से ब्रज बाबू ये बातें कर रहे थे किन्तु विमल बाबू को सिर झुकाए चुप बैठा देख उनका उत्साह जाता रहा। दोनों हाथ माथे पर लगा लाचार की भांति बोले, "गोविंद, तुम्हारी ही इच्छा पूर्ण हो।" लालटेन की फीकी रोशनी में विमल बाबू ने देखा कि ब्रज बाबू का मुख पीला और विवर्ण हो गया है और बंद आंखों के कोनों पर आंसू की बूंदें झलक रही हैं। वे समझ गए कि प्राणाधिक कन्या के भविष्य के विषय में गहरी निराशा की वेदना ही इसके मूल में है। उनका भी हृदय मथ उठा किंतु सांत्वना देने का उपाय नहीं सूझा : इसी समय गोविंद जी की आरती आरम्भ हो गई, घण्टा बजने लगा। रेणु अपनी उपस्थिति में पुजारी द्वारा आरती करा रही थी। ब्रज बाबू अंत तक सीधे प्रणाम की मुद्रा में बैठे रहे। रेणु ने आकर उन्हें चरणामृत और संतरे का रस पिलाया। फिर राखाल विमल बाबू की सहायता से उन्हें भीतर

ले गया। पलंग पर लेट जाने के बाद विमल बाबू ने ब्रज बाबू का शिथिल हाथ अपने हाथ में लेकर कहा, "आपने आज शाम को जो प्रस्ताव किया है उसके बारे में कल मैं आपको सोचकर बताऊंगा।"

दूसरे दिन सुबह राजू ब्रज बाबू को अखबार पढ़कर सुनाना चाहता था किन्तु उन्होंने मना कर दिया। बोले, "क्या होगा दुनिया भर का विवरण सुनकर, इससे तो किसी सद्ग्रंथ को सुनने से मन को अधिक शांति मिलेगी और परलोक भी बनेगा।" विमल बाबू बोले, "कौन-सी पुस्तक सुनना चाहते हैं, सुनाऊं।" ब्रज बाबू, "चैतन्य चरितामृत। रेणु को भी इससे बहुत प्रेम है।" विमल बाबू, "तो यह कहिए कि भगवत्प्रेम का प्रसाद आपने लड़की को भी चखा दिया है।" ब्रज बाबू ने जीभ काटकर कहा, "छिः-छिः, गोविंद के प्रेम का आस्वाद मनुष्य कहीं मनुष्य को दे सकता है? ज्ञान, बुद्धि, विद्या सब वहां तुच्छ एवं अर्थहीन हैं। वे स्वयं ही जिस पर कृपा करते हैं केवल वही उसे पाकर धन्य होता है। ... कल कितनी आशा-आकांक्षा के साथ आपसे प्रार्थना की थी किंतु आज उसके लिए तनिक भी आग्रह नहीं है। यह उन्हीं की करुणा तो है। ... मैं जानता हूं, जब उन्होंने आपको मेरे पास भेजा है तो वही मुझे आपके द्वारा इस भार से मुक्त भी करेंगे।"

विमल बाबू ने कहा, "मैंने आपके प्रस्ताव पर विचार करके रेणु को ग्रहण करने का निश्चय किया है। पत्नी रूप में ग्रहण करने से वह मेरे गोत्र में, वंश में सम्मिलित हो जाती। मेरी सम्पत्ति पर उसका अधिकार होता, मेरी मृत्यु पर उसे सूतक लगता। मैं धर्म, समाज एवं कानून के अनुसार ही उसे अपनी दत्तक पुत्री के रूप में ग्रहण करता हूं। उससे भी मेरे वंश एवं गोत्र में तथा मेरी सम्पत्ति पर उसे अधिकार मिलेगा। ... मेरे कोई लड़का होता तो मैं उसे पुत्रवधू के रूप में ले जाता किंतु वैसा न होने से मैंने उसे कन्या रूप में ग्रहण किया है। अब उसका सम्पूर्ण भार मुझ पर है; आप पर नहीं है।"

ब्रज बाबू चुपचाप पड़े रहे; कुछ नहीं बोले।

बाईस

जाड़ों की संध्या है। कलकत्ता के एक छोटे मकान की कोठरी में दरवाजे उढ़काए रेणु एक ऊनी टोपी बुन रही है। शारदा ने आवाज दी, "बहन!" और रेणु के आवाहन पर अंदर आ गई। पीछे एक बड़ा टोकरा लिये दासी थी। शारदा ने कहा, "मां ने गोविंद जी के लिए कुछ फल-फूल, साग-सब्जी और मक्खन भेजा है। " रेणु ने कुछ देर तक स्तब्ध रहकर कहा, "शारदा बहन, यह तो हम न ले सकेंगे।" शारदा कुंठित स्वर में बोली, "यह तो तुम लोगों के लिए नहीं है, गोविंद जी... " रेणु ने बीच में बात काटकर कहा, "उस बहाने मां ने हम लोगों के लिए भेजा है। इसे लेने का उपाय नहीं है। मां से कहना कि वे हमें क्षमा करेंगी।" उसके स्वर की अटलता देख दासी को बाहर बैठने को कह शारदा रेणु के पास आ बैठी। पूछने से मालूम हुआ कि अब काका बाबू की तबीयत ठीक है। टोपी बुनते-बुनते रेणु बोली, "बहन, मां को समझाकर कहना कि मन में कष्ट न पाएं। मेरे लिए कुछ सोच न करो। जो होने का नहीं है, वह नहीं होता, इसे वह मेरी अपेक्षा ज्यादा जानती हैं। दु:ख दूर करने की चेष्टा से दोनों ओर का दु:ख बढ़ेगा।"

शारदा चली गई।

•

सात-आठ महीने से ब्रज बाबू गांव छोड़ कलकत्ता में आकर रहने लगे हैं। विमल बाबू द्वारा ठीक किए गए अच्छे मकान में जाने को रेणु राजी नहीं हुई; एक छोटे मकान में रह रही है। पिता की बीमारी में विवश होकर पराई सहायता लेनी पड़ी थी किंतु सदा वह दूसरे का आश्रय लेने को तैयार नहीं है। कम वेतन पर एक दासी रख ली है। अवकाश के

समय वह बच्चों के लिए जांघिया, फ्रॉक इत्यादि सी लेती है; मोजे-स्वेटर बुनती है; अचार-जेली आदि बनाकर दुकानदारों के जरिये बिकवाती है। खुली छत पर पनालीदार टिन की छत वाली एक कोठरी में गोविन्द जी स्थापित किए गए हैं। ब्रज बाबू का अधिकांश समय उसी कोठरी में जाता है। घर-गृहस्थी कैसे चलती है, यह न वे जानते हैं, न इसकी चिंता रखते हैं, जानकारी प्राप्त करने में उन्हें डर लगता है। रेणु के सिवा दूसरों से बहुत कम बोलते हैं।

शारदा ने लौटकर, मां को दुःख होगा, इस भय से सामान नीचे की कोठरी में रखवा दिया। फिर सविता के पास गई जो पंचांग के पन्ने उलट रही थी। बोली, "काका बाबू अब ठीक हैं मां।" सविता ने पूछा, "और रेणु?" शारदा, " वह भी अच्छी है।" सविता और कुछ न पूछकर पंचांग देखने लगी। इससे शारदा को बड़ा आश्चर्य हुआ क्योंकि इसके विपरीत और दिन रेणु के यहां से लौटने पर वह उसका सब हाल-चाल विस्तार के साथ पूछती थी। बड़ी देर तक चुप रहने के बाद शारदा ने कहा, "उन लोगों को कुछ वैसा अभाव नहीं है मां। दो जने तो हैं, खर्च ही क्या है। आप व्यर्थ सोचती हैं।" सविता ने पंचांग में चिह्न लगाकर उसे रखते हुए कहा, "अभाव नहीं सही किंतु तुम वह सामान की टोकरी कहां छिपा आई हो शारदा?" शारदा घबड़ा गई। सविता ने कहा, "तुम सोचती होगी कि सामान लौटाने की बात से तुम्हारी मां सारे दुःख-क्षोभ के खाट पकड़ लेगी? तेरी तरह मां के हृदय की ओर ध्यान रखकर मां को प्यार करना क्या सब जानते हैं, इसलिए मैं रेणु पर नाराज नहीं हो सकती बेटी। उसका कुछ दोष नहीं।"

शारदा बोली, "रेणु आपकी ही बेटी है, आज यह मैं स्पष्ट देख आई। अच्छा मां, आपने क्या यह जानकर ही सामान भेजा था कि वह लौट आवेगा?" सविता ने सिर हिलाकर इनकार किया फिर पूछा, "क्या सचमुच उन लोगों को कोई अभाव नहीं है शारदा?" शारदा ने कहा, "भीतर की बात मैं क्या जान सकती हूं मां?" सविता ने पूछा, "ऊपर से कैसा

लगा?" शारदा चुप हो गई। सविता ने प्रश्न किया, "आज वह क्या कर रही थी?" शारदा बोली, "ऊन की टोपी बुन रही थी।" सविता के मुख पर व्यथा की छाया स्पष्ट हो गई। बोली, "मैंने राजू के द्वारा उसकी ऊन की सामग्री खरीदने की चेष्टा भी की किन्तु राजू ने जिस अधिक दाम पर उसे खरीदना चाहा उस पर बेचने को वह तैयार न हुई; कहा—यह तुम लोगों की मुझे सहायता करने की एक चाल है।" शारदा स्तब्ध हो रही, मन में सोचा कि मां की गम्भीर शांत मूर्ति के पीछे कैसा तूफान उठ रहा है, इसका किसी को पता नहीं। उसने कहा, "मां सुना था कि रेणु के लिए देवता कोई अच्छा संबंध लाए थे, उसका क्या हुआ?"

"वह नहीं हो सका। लड़की ने विवाह न करने की प्रतिज्ञा कर ली है। कहती है, हिन्दू घर की लड़की को दो बार हल्दी नहीं चढ़ती। वाग्दत्ता कन्या विवाहिता के समान ही होती है।" शारदा ने कहा, "तो न हो उसी लड़के के साथ शादी कर दो मां, संभव है वह पागल न भी निकले।" सविता ने कहा, "उसी के साथ तो 7-8 ``महीने पूर्व रेणु की सौतेली बहन रानी का ब्याह हो गया है। ... शारदा, मेरी ही गलती से यह सब हुआ है।" कहकर उसने एक मर्मभेदी सांस ली।

•

हरिनपुर से लौटने के बाद सविता ने घर बदल दिया है। उस पुराने घर के साथ रमणी बाबू का संसर्ग होने से वहां रहने का उसका मन न हुआ। जिस घर में नियति के दुर्लंघ्य विधान के कारण 12 वर्ष की लंबी अवधि तक प्रतिक्षण आत्महत्या की असह्य यंत्रणा अर्धचेतन अवस्था में उसे बितानी पड़ी थी, उसी घर को देखकर शरीर कांप उठता है। विमल बाबू ने जो घर रेणु और ब्रजबाबू के लिए ठीक किया था उसी में सविता आ गई है। विमल बाबू आवश्यक काम से सिंगापुर लौट गए हैं। उन्होंने राखाल से इसी घर में नई मां की देखरेख की जिम्मेदारी लेने को कहा था; राखाल

ने जिम्मेदारी तो ली किन्तु इस घर में आकर रहने को तैयार नहीं हुआ। तब से यह भार तारक ने उठा लिया है। सविता की कृपा से तारक स्कूल मास्टरी छोड़ कलकत्ता हाई कोर्ट में वकालत करने लगा है। विमल बाबू ने प्रयत्न कर उसे एक प्रसिद्ध वकील का जूनियर-सहायक बनवा दिया है। विमल बाबू की छोटी मोटर से ही वह अदालत जाता है।

शारदा ने आकर कहा, "मां, क्या आज भी आप मुंह में कुछ न डालेंगी?" सविता ने कहा, "नहीं शारदा, मेरे गले के नीचे न उतरेगा।" शारदा उदास खड़ी रही। सविता ने कहा, "जाओ बेटी, तुम खा आओ।" किन्तु शारदा आंचल ऐंठती सिर झुकाए खड़ी ही रही। सविता ने कहा, "कभी-कभी खाना मरण से भी अधिक यंत्रणाकारी होता है पर तुम मुझे दबाना ही चाहो तो चलो, चलती हूं।" "नहीं, रहने दो मां,"—कहकर शारदा चली गई।

•

दोपहरी के बाद धूप में बैठकर सविता पत्र लिख रही थी। कुछ दूर पर बैठकर शारदा सिलाई कर रही थी। उसकी दृष्टि रास्ते की ओर गई तो देखा कि राखाल आ रहा है। कपड़ा हाथ में लिये ही वह सदर दरवाजा खोलने के लिए नीचे उतर आई।

खुले दरवाजे पर शारदा को रास्ता देखती देखकर राखाल खुश हो गया। पूछा, "दोपहरी में दरवाजे पर क्यों खड़ी हो शारदा?" शारदा बोली, "एक आदमी की प्रतीक्षा कर रही हूं।" राखाल, "कौन? कोई फेरीवाला?" शारदा ने कहा, "उंह, आप नहीं जान सके।" राखाल बोला, "तुम्ही जना दो।" शारदा, "यदि कोई जानना ही न चाहे तो दूसरा उसे कैसे जना सकता है देवता? अच्छा, चलिए अंदर।" अंदर दालान में आ जाने पर राखाल ने पूछा, "क्या और दिन भी इसी प्रकार एकांत में खड़ी किसी की राह देखा करती हो शारदा?" शारदा ने कहा, "हां, रोज

ही तो खड़ा रहना पड़ता है। जिस दिन पहले-पहल आपने मुझे देखा उस दिन भी तो द्वार खोलकर अपने परम हितैषी मरण-देवता की राह देख रही थी किन्तु उस खुले द्वार से मरण देवता के बदले आए मर्त्यलोक के देवता।" राखाल के कानों की जड़ लाल हो गयी। बोला, "जाने दो, नई मां क्या विश्राम कर रही हैं?" शारदा ने कहा, "नहीं, अभी भोजन करके उठी हैं; अब चिट्ठी लिख रही हैं।" राखाल, "इतनी देर से भोजन?"

शारदा, "नित्य ही ऐसा होता है। अपने हाथ से घर का सब काम-काज करने, स्नान-पूजा समाप्त करने में तीन बज जाते हैं। तब भोजन करती हैं। आज तो कुछ जल्दी है।"

राखाल, "अपने हाथ से काम-काज करने का अभ्यास तो उन्हें है नहीं। वे बीमार पड़ जाएंगी? क्या दास-दासियां नहीं हैं। उन्हें अभाव है क्या?"

शारदा, "अभाव के कारण नहीं देवता। यह उनका कठोर आत्म-दमन है।... अच्छा, बताइए रेणु की बहन रानी विवाह के बाद कैसी है?" राखाल ने कहा, "मजे में है।" शारदा, "क्या रानी को संतान की संभावना है? उन लोगों ने काका बाबू को यह समाचार भेजा है।" राखाल, "होगा, हमें क्या मतलब?" शारदा, "आप क्या जानते हैं कि रानी का ब्याह उसी लड़के के साथ हुआ है जिसके साथ रेणु का तय हुआ था और हल्दी तक चढ़ गई थी? "राखाल ने चिंता-भरे स्वर में कहा, "यह तो मुझे नहीं मालूम था।" शारदा, "क्या काका बाबू ने वृन्दावन में जाकर रहना तय किया? रेणु भी साथ जाएगी?"

"और कहां रहेगी? कोई और रास्ता नहीं है शारदा। जिसके भाग्य में जो लिखा है वही होता है। यही संसार का नियम है। उसकी भाग्य-विडम्बना तो उसके बचपन से ही शुरू हो गई थी। कोई उसे सुख से रखने की भी चेष्टा करे तो यह वह व्यर्थ होगी। बड़ी ठोकरें खाने के बाद मैंने इसे समझा है।" शारदा ने लंबी सांस लेकर कहा, "किन्तु मां इसे सहन कर सकेंगी, ऐसा नहीं जान पड़ता। मैं जानती हूं, रेणु की इस दशा

के लिए मां ही जिम्मेदार हैं किन्तु संसार में जो कुछ अनिच्छा से हो जाता है उसकी भी क्या कोई जिम्मेदारी है?... सोचकर देखिए, उस दिन की मां और आज की मां एक नहीं हैं, आपसे अधिक इसे कौन जानता है?... आजकल मां की ओर देखा नहीं जाता; न जाने वे कैसी होती जा रही हैं। खाना छोड़ दिया, पहनना छोड़ दिया, घर का काम दास-दासियों से भी अधिक श्रम से करती हैं, लड़की की चिन्ता में शरीर नष्ट किए डाल रही हैं, फिर भी क्षण भर के लिए शांति नहीं पाती हैं।... आप भी रूठकर मां को गलत समझेंगे तो धरती पर सत्य का आश्रय लिया ही न जा सकेगा, आदमी जिएगा कैसे?... अच्छा, मां के पास चलो देवता। आपके सिवा उनकी मर्मभेदी ज्वाला को शांत करने वाला दूसरा नहीं है।"

"अब से मैं तुम्हारे कहे अनुसार चलने की चेष्टा करूंगा शारदा।"

रुंधे कण्ठ से शारदा बोली, "आप में जीवनदाता ही नहीं, गुरु भी हैं। मैं अंधी थी, आपने दृष्टि दी, मैं अज्ञान थी, आपने ज्ञान दिया। मेरे अन्तर्यामी जानते हैं कि इसमें जरा भी अतिशयोक्ति नहीं है।

तेईस

विमल बाबू कलकत्ता आ गए हैं। तारक ने उन्हें शिकायत लिख भेजी थी कि नई मां अपने शरीर को बहुत कष्ट दे रही हैं। विमल बाबू ने लिखा, "उनको जिनसे तृप्ति मिले उसमें मेरा बाधा डालना उचित नहीं है।" तारक जिम्मेदारी से मुक्त समझ अपने वकालत के काम में व्यस्त हो गया। एक दिन सविता ने बुलाकर कहा, "मां से नाराज हो भैया?" तारक ने उत्तर दिया, "वह अधिकार मुझे कहां? आखिर मैं

रास्ते का भिखारी ही तो हूं।" सविता ने स्नेहपूर्वक कहा, "छि:, ऐसी बात नहीं कहनी चाहिए भैया!" तारक कुछ और जली-कटी कहता, किन्तु शारदा को आते देख खिसक गया।

तारक जेटी पर विमल बाबू के स्वागत के लिए उपस्थित था। उनके कर्मचारी भी आये थे। विमल बाबू ने तारक को गाड़ी में बिठा लिया। फिर पूछा, "राजू अच्छा तो है? मैंने उसे चिट्ठी लिखी थी पर यहां नहीं आया। जान पड़ता है या तो अस्वस्थ होगा या किसी काम में अटक गया होगा।" उन्होंने ड्राइवर से पटलडांगा चलने को कहा। तारक सुनकर किसी काम का बहाना कर रास्ते में ही उतर गया। पटलडांगा जाकर विमल बाबू ने देखा कि राखाल के मकान पर ताला लगा हुआ है। वहां से वे सविता के मकान पर गए। देखा, सविता का मुख दुबला और पीला हो गया है, आंखों की निष्प्रभ दृष्टि में विषाद की रेखा है। पूछा, "तुम्हारे शरीर की यह हालत कैसे हुई? क्या बीमार थीं?"

सविता ने कहा, "मैं तो बीमार नहीं हुई किन्तु तुमने लिखा था कि जेटी से घर जाओगे; वहां नहा-धो, खा-पी, विश्राम के बाद यहां आओगे किन्तु देखती हूं, धूल भरे पैरों से यहीं आ गए हो।" विमल बाबू ने कहा, "धूल-भरे पैरों से ही देवी के दर्शन का विधान शास्त्र करते हैं? पर यह जाने दो। मेरे प्रश्न का उत्तर दो, शरीर ऐसा दुर्बल कैसे हो गया?" सविता ने मुस्कराकर कहा, "संसार के दयामयों की दृष्टि दीन-दुखियों के विषय में सदा से ऐसा ही कहती आ रही है। दोनों हंस पड़े। विमल बाबू ने कहा, "मैं तुमसे हार गया सविता, रेणु की मां।" सविता कहते-कहते 'रेणु की मां' कहने पर सविता मुस्करा पड़ी, बोली, "स्नान भोजन कहां करोगे? यहां या घर?" विमल बाबू ने कहा, "जहां तुम कहो।" सविता बोली, 'घर जाओ।" विमल बाबू ने कहा, "वहां मेरा कौन बैठा है? दूर की एक मौसी अपने पुत्र के साथ अवश्य रहती हैं किन्तु मेरे आने से उन्हें प्रसन्नता होगी या भय, यह बताना कठिन है।" सविता बोली, "जो भी हो, घर जाओ, प्रीति से या भीति से सब वहां तुम्हारी प्रतीक्षा

में होंगे; सीधे यहां आकर रहना अच्छा न लगेगा।"

"जाता हूं, किन्तु देख रहा हूं कि तुम ... " सविता ने बीच में बात काटकर कहा, "यहां से भगा देना चाहती हो, यही न? यही साधना कर रही हूं दयामय!" विमल बाबू ने असावधानता के क्षण में कहा, "सविता!" सविता बोली, "इस समय नहीं, तीसरे पहर आना बल्कि रात को खाना यहीं खाना। मैं आजकल अपने ही हाथों बनाती हूं।" विमल, "अच्छा, यही होगा किन्तु मुझे ठगना नहीं।" सविता बोली, "डरो नहीं, याद नहीं पड़ता कि जीवन में एक अपने को छोड़कर और किसी को कभी ठगा हो।"

संध्या को विमल बाबू आए तो सविता उस समय की रसोई बना चुकी थी और नहा-धोकर स्वच्छ वस्त्र पहनकर छत पर एक कुर्सी पर बैठी थी। सामने एक कुर्सी, बीच में स्वच्छ मेजपोश से ढकी एक तिपाई जिस पर एक डिब्बा विलायती सिगरेट, दियासलाई और राखदान रखा था, मौजूद थी। विमल बाबू के आने पर सविता ने उसके दोनों पांव छूकर प्रणाम किया। विमल बाबू परेशान से होकर पीछे हटते हुए बोले, "यह क्या पागलपन है?" सविता बोली, "पागलपन नहीं, तुम्हारे प्रश्न का उत्तर है। सवेरे आमंत्रण, संध्या को प्रणाम निवेदन। अब तो कुछ नहीं पूछोगे दयामय!" सविता के स्वर के अपूर्व माधुर्य से विमल बाबू अभिभूत-से हो गए लगा, जैसे वह पूर्व परिचित सविता यह नहीं है। जिस नारी को रमणी बाबू के यहां निगूढ़ वेदना का मौन छाया में विषाद की प्रतिमा रूप में बार-बार देखा है, आज सुबह भी जिस मलिन मूर्ति को देखकर हृदय व्यथित हो उठा था वह सविता यह नहीं है। इस समय उसके गौर, कृश मुख-मंडल पर प्रशांत कोमल स्निग्धता है; दोनों ओठों में प्रीति-स्निग्ध संयत मुस्कान की सुषमा है। सम्पूर्ण अंग-भंगिमा सुचारु, सुंदर और मर्यादायुक्त हो उठी है जिसमें स्नेह और श्रद्धा, विश्वास और निर्भरता की स्पष्ट व्यंजना है। संसार में नारी की इस मूर्ति के दर्शन अत्यन्त दुर्लभ हैं। विमल बाबू ने नारी का यह रूप कभी न देखा था। उन्हें लगा कि

जगत् के सामान्य मानव-स्तर से यह बहुत ऊंची है, जिसे दूर से प्रणाम किया जा सकता है जिसके पास खड़ा नहीं हुआ जा सकता।

सविता ही बोली, "कब तक खड़े रहोगे, बैठो।" विमल बाबू बैठने पर भी सविता की ओर एकटक देखते रहे। इस दृष्टि में रूपमुग्ध की विकलता नहीं, भक्त की वंदना थी। सविता ने पूछा, "टकटकी लगाकर क्या देख रहे हो? मुझे क्या कभी देखा नहीं।" विमल बाबू ने कहा, "इस रूप में तुमको कभी न देखा था। पहले की पीड़ा से तुम विचलित, चिन्ता-कातर, असहाय नारी थीं, आज एक नवीन महीयसी महिला हो। इतने दिन मैं इस स्वरूप से परिचित नहीं था।" सविता ने उदास हंसी हंसकर कहा, "हो सकता है। एक ही जन्म में मनुष्य के कितने और जन्म हो जाते हैं।"

आज सविता ने गरद की साड़ी पहनी है। यह साड़ी काशी से सविता के लिए विमल बाबू ही लाए थे। तब उसने कहा था, 'समय आने पर पहनूंगी।' आज वही साड़ी पहनी है। विमल बाबू बोले, "इतने दिनों बाद यह साड़ी पहनने का अवसर तुम्हें मिला सवि, नहीं, रेणु की मां?" सविता ने कहा, "यह बताओ कि वह विडम्बना कब तक और भोगेंगे? अंदर से जो पुकार अपने-आप निकल रही है बार-बार उसका गला घोंटकर मुंह की पुकार दोहराने का यत्न करते हो; बार-बार ठोकर खाते हो, तो भी न छोड़ोगे? पहले तुमने पुकारा 'नई बहू', वह तुम्हारे मुंह की पुकार नहीं; उस नाम से पहले जिन्होंने पुकारा उन्हीं के मुंह से वह अच्छी लगती है। उसके बाद तुमने 'रेणु की मां' कहने की चेष्टा की; वह भी तुम्हारे मुंह में अटकती है, सहज होकर नहीं निकल पाती और किसी दिन निकल भी न पाएगी। ... सविता ही कहा करो। रेणु की मां के रूप में मेरा तुमसे परिचय नहीं है, इसीलिए वह संबोधन तुम्हारे कण्ठ से कभी सजीव नहीं हो सका। तुम्हारे मुख में 'सविता' संबोधन जितना सहज सुंदर है, वैसा और कुछ नहीं।"

"फिर मेरे हृदय के आनंद-स्रोत में जिस नाम से निरंतर बुद्बुद

इंद्रधनुषी रंग-सहित उठते और फूटते रहते हैं उसी नाम से मुझे संबोधित करने की अनुमति दो। पर क्या तुम उसे सहन कर सकोगी रेणु की मां; भले वह छोटा-सा जल बुद्‌बुद हो, भय है कि तुम्हें चुभेगा।

"यही तुम लोगों का दोष है। स्त्रियों के संपर्क में तुम लोग कभी सहज नहीं हो पाते, या तो श्रद्धातिरेक से गद्‌गद होकर उन्हें बहुत ऊंचा बैठा दोगे या एकदम नर-नारी के आदिम संपर्क को सामने रखकर घनिष्ठता करोगे। क्या नर-नारी के बीच मानव का सहज-सुंदर संबंध स्थापित नहीं किया जा सकता?"

"आखिर ऐसा क्यों होता है सविता?"

"ठीक नहीं कह सकती किन्तु अनुमान होता है कि शायद समाज-विधि के मूल के नीचे इसका बीच छिपा है। समाज के बाहर मुझे समाज का कल्याण-अकल्याण स्पष्ट दिखाई पड़ता है; उसके अंदर रहकर मैं उस गुण-दोष को इस प्रकार नहीं देख पाई थी ... मनुष्य अपने मन को लेकर कितना गर्व करता है किन्तु अपने विषय में कितना कम जानता है! जीवन-नाटक के प्रत्येक अंक में उसका रूप बदलता रहता है। यहीं देखो, मैं बराबर सोचती आई थी कि मेरे समान पति की भक्ति आज तक किसी स्त्री ने न की होगी, न मेरी तरह उन्हें इतना प्रेम ही कोई स्त्री कर पाएगी। किन्तु इतने दिनों बाद मेरी वह धारणा बदल गई है। आज अपने अन्त:करण का वास्तविक अर्थ समझ पाई हूं?"

"क्या समझी हो सविता?"

"ठीक तरह से कहना कठिन है किन्तु इतना समझ पाई हूं कि श्रद्धा, तथा संस्कारगत धारणा और हृदय का प्रेम एक ही चीज नहीं है।" विमल बाबू ने कहा, "किन्तु सुनता हूं, बहुधा श्रद्धा-भक्ति ही प्रेम की नींव बन जाती है।" सविता बोली, "हां, ऐसा होता है। करुणा, ममता या समवेदना-सहानुभूति से भी प्रेम होता है किन्तु मेरा विश्वास है कि नारी-पुरुष के बीच अंदर और बाहर का स्वाभाविक मेल न होने पर प्रेम उद्‌भूत होकर भी सार्थक नहीं होता। फिर श्रद्धा-भक्ति या स्नेह-ममत्व को प्रेम समझने

की भूल भी मनुष्य कर बैठता है।"

"एक दिन तुमने अपने स्वामी की सब बातें बताने को कहा था, कब बताओगी?"

"कहने की इच्छा होकर भी कह नहीं पाती। फिर उन्हें सुनकर लाभ ही क्या है?"

विमल बाबू ने पुकारा, "सविता! क्या तुम मुझसे भय करती हो?"

"भय? भय किसलिए? तुमसे भय करने को मेरे पास बचा ही क्या है?"

"इतना क्षोभ तुम्हें न करने दूंगा। जब तक मनुष्य भस्म नहीं हो जाता उसका सब कुछ बना रहता है, कुछ भी समाप्त नहीं होता।"

"मुझे तुम्हारा जरा भी भय नहीं है। इतने दिनों तक तुम पर संपूर्ण निर्भरता को डरती रही हूं परन्तु अब वह डर भी समाप्त हो गया है। मुझे अनुभव होता है कि मेरी तरह शायद ही किसी स्त्री ने बाहर के किसी पुरुष पर इस प्रकार विश्वास किया होगा। ... मैं जानती हूं कि तुम मुझे कभी किसी दिन गिरा नहीं सकोगे। जिससे पुरुषों के निकट स्त्रियों का अपमान होता है वह तुम कभी न होने दोगे।" विमल बाबू ने कहा, "मनुष्य मनुष्य ही है, देवता नहीं है। अपने दोष-गुण, शक्ति और दुर्बलता को लेकर ही उसका समग्र रूप है अत: उस पर इतना ज्यादा विश्वास रखना क्या संगत है?" सविता बोली, "मैं नहीं जानती क्या संगत है क्या असंगत पर जो अपने अन्तर में अनुभव किया है कह दिया है।"

"तुम्हारे सम्पर्क में आकर भी मैंने यह अनुभव किया कि अकल्याण के अंदर से भी परम कल्याण आकर जीवन को स्पर्श करता है। जीवन के अज्ञात पथ में मनुष्य के साथ मनुष्य का गहरा परिचय कब किसके द्वारा हो जाता है, कोई नहीं जानता। मुझे अपने अतीत जीवन पर बड़ी वितृष्णा, बड़ी लज्जा है किन्तु आज समझ पाया हूं कि भगवान् ने इस जीवन में उन दिनों की अमिट कालिमा अंकित करके मंगल ही किया है। ... तुम और किसी के लिए जो हो, मेरे जीवन में परम कल्याण

रूप ही हो। मेरे भीतर जो सत्य मानव सो रहा था उसे तुमने ही हिलाकर जगा दिया है।... आज मेरे लिए जीवन का अर्थ बदल गया है।... मन की पुरातन धारणाओं पर जमी धूल साफ हो गई है। अर्से से उपेक्षित पड़े आईने की धूल की तह को कैसे किसी गृहलक्ष्मी ने अच्छी तरह साफ करके निर्मल कर दिया है। यह देह की नसों में तरुण रक्त का चंचल नृत्य नहीं है, यह मेरे लिए कठिन अंतर्लोक में मूर्छित पड़ी आत्मा का जागरण है।"

"यह तो तुम्हारे मन की गढ़ी मैं हूं; मुझे पता नहीं कि उसके साथ सत्य की मैं का कितना सामंजस्य है किन्तु भगवान करें जिस रूप में तुमने मुझे देखा है वह तुम्हारे निकट मिथ्या न हो।"

चौबीस

विमल बाबू सिंगापुर से लौटने पर जब राखाल को खोज रहे थे तब वह रेणु और ब्रज बाबू को पहुंचाने वृन्दावन गया हुआ था। लौटने पर जब विमल बाबू से भेंट हुई तो उन्होंने उलाहना दिया कि एक दिन ठहर जाने से ब्रज बाबू के साथ उनकी भी भेंट हो जाती; तब ऐसा उसने क्यों किया? राखाल ने बताया कि वे लोग खुद ही भेंट करना नहीं चाहते थे, विशेषतः रेणु। पूछने पर राखाल ने यह भी बताया कि "मैं उन्हें गोविंद जी के मंदिर के निकट ही एक गली में रख आया हूं। उस मकान में बहुत-से किरायेदार रहते हैं; उन लोगों ने सोने के लिए दो कोठरियां और रसोई के लिए थोड़ी जगह ले ली है। किराया मामूली है। मैं वहां कुछ दिन ठहरता पर मेरी जीविका चली जाती।... पता नहीं विमल बाबू, आप भाग्य को मानते हैं या नहीं किन्तु मैं मानता हूं।"

विमल बाबू ने इस बात का कोई उत्तर न देकर कहा, "तारक की

वकालत चल निकली है। उसमें महत्त्वाकांक्षा है। मुझे आशा थी कि उसके साथ रेणु का ब्याह कर दूंगा किन्तु ब्रज बाबू से बात करने का अवसर ही न मिला। तुम्हारी मां की भी इच्छा थी। तारक से बात तो नहीं हुई किन्तु नई मां ने संकेत से उसे बता दिया है। अस्वीकार करने का कोई कारण नहीं। रेणु सब प्रकार से बड़ी योग्य लड़की है। इतना ही दोष है कि उसके बाप गरीब है किन्तु मां का सब कुछ तो रेणु को मिलेगा। राजू, यह प्रस्ताव तुम्हें ही उपस्थित करना होगा। रेणु को राजी करने का भार मैं लेता हूं। तुम तारक से कहो।" राखाल का मत था कि दो में से कोई भी राजी न होगा किन्तु विमल बाबू के अनुरोध को उसने मान लिया।

•

शारदा और सविता के बीच गांव में ब्रज बाबू तथा रेणु के जीवन के विषय में बातें हो रही थीं। शारदा ने कहा, "जिसने भी एक बार आपको देखा है उसे किसी के पहचनवाने की जरूरत नहीं कि रेणु आपकी ही बेटी है। चेहरे में ही नहीं, बुद्धि, मर्यादा बोध और मानसिक आभिजात्य—सबमें वह आपका ही प्रतिचित्र है। जैसे वह आपके ही सांचे में ढली है।" सविता भीत स्वर में बोली, "नहीं, ऐसी बात न कहो शारदा, भगवान् करे, मेरे जैसा उसका कुछ न हो।"

शारदा ने कहा, "काका बाबू बड़े भले हैं मां, किन्तु वे संसार में रहकर भी संसार से उदासीन हैं। गोविंद जी के सिवा और किसी पर उनकी आसक्ति नहीं है।" सविता ने पूछा, "अपनी बेटी पर भी नहीं?" शारदा, "नहीं मां, उन्होंने संसार की सब चिन्ता इष्टदेव के चरणों में समर्पित कर दी है।... फिर व्याकुल होकर भी आदमी कर क्या सकता है मां? इससे तो भगवान् के ऊपर निर्भर रहना ही अच्छा है।" सविता ने आर्त स्वर में कहा, "शारदा, तुम नहीं समझ पाओगी क्योंकि तुम संतान की

मां नहीं हो। संतान क्या चीज है, इसे मर्द नहीं समझ सकते और जो स्त्रियां माताएं नहीं बनीं वे भी ठीक तरह से नहीं समझ सकतीं। मैं तुम्हारे काका बाबू की तरह रेणु के बारे में कैसे निश्चिन्त हो सकती हूं? चौबीसों घंटे गोविंद-गोविंद रटने में ही तो गृहस्थी, घर और व्यवसाय का सर्वनाश हो गया, फिर भी चेत नहीं हुआ?... अब तक सोचती थी कि मेरे स्वामी जैसा स्वामी कभी किसी स्त्री को प्राप्त न हुआ, न होगा किन्तु मेरा नशा टूट गया। अब मैं समझ गई कि मेरे स्वामी जैसे आत्मसर्वस्व पुरुष संसार में थोड़े ही होंगे। जो मनुष्य अपनी स्त्री और सन्तान के प्रति इस प्रकार उदासीन है, उसे विवाह करने की आवश्यकता क्या थी ? ब्याह भी उन्होंने किया अपने गोविंद के लिए। जो तुम समझती हो उससे उनका महत्त्व बिल्कुल उल्टा है।"

"किसका महत्त्व उलटा है मां?" कहता राजू घर में आ गया और सविता द्वारा "तुम्हारे काका बाबू का।" उत्तर सुनते ही गंभीर हो गया। सविता हंसकर बोली, "मेरा राजू काका बाबू की जरा भी निंदा नहीं सुन सकता।" राखाल बोला, "संसार में काका बाबू की भी निंदा हो सकती है यही क्या सबसे अधिक आश्चर्य की बात नहीं है?" फिर शारदा से पूछा, "तारक घर में है या नहीं शारदा?" शारदा बोली, "आज अदालत बंद है; सम्भवतः नीचे अपने आफिस में होंगे।" राखाल ने कहा, "तो मैं चलता हूं मां, तारक से कुछ जरूरी बात करनी है।" सविता बोली, "चाय पीकर जाना राजू और शारदा, तुम अपनी बनाई कचौरिया इसे चाय के साथ देना न भूलना।" शारदा हंसकर बोली, "उन्हें तो ये खाएंगे नहीं मां, और यदि खाया तो निंदा करेंगे।" राखाल अंदर से खीझा हुआ था, बोला, "मुझे घर का खाना खाने का अभ्यास नहीं है शारदा, इच्छा भी नहीं है। जिनके लिए कचौरियां बनाई हैं उन्हीं को खिलाना।" शारदा ने आश्चर्य से राखाल की ओर देखा। राखाल का हृदय व्यथातुर हो उठा किन्तु बिना कुछ कहे वह चला गया। सविता बोली, "दुःखी न हो शारदा। मुझ पर क्रोध करके ही वह तुम्हें कड़ी बात कह गया है।" सांत्वना के शब्द

सुनते ही शारदा फूटकर रो पड़ी। बोली, "मैंने क्या अपराध किया है मां, कि देवता किसी पर भी नाराज होने पर मुझे ही मर्मभेदी बातें सुना जाते है।"

"इसलिए कि वह तुम्हें अपना समझता है, तुमको स्नेह करता है। उसे अपना कहने को संसार में कोई नहीं है शारदा।" शारदा बोली, "जैसे मेरे संसार में सब लोग हों। मैं तो किसी को इस तरह खोंचा नहीं मारा करती। वे जानते हैं कि मैं सब कुछ सह सकती हूं किन्तु उनका व्यंग्य नहीं सह सकती, तब भी वे इससे विरत नहीं होते।" कहकर वह उठ गई।

●

उधर राखाल ने तारक की बैठक में पहुंचकर पूछा, "सुना है, वकालत खूब चल रही है। अब एक दिन 'मिष्टान्नमितरे जनाः' की व्यवस्था करो।" तारक बोला, "पागल हुए हो? अभी वकालत कहां, अभी तो सीनियर के दरवाजे पर पड़ा हूं।" राखाल बोला, "तब जान पड़ता है कि विमल बाबू ने गलत कहा।" तारक, "क्या विमल बाबू से तुम्हारी बातें हुई हैं?" राखाल, "हां-हां, बहुत-सी बातें हुई हैं किन्तु तुम्हें सुनने का समय कहां है?" तारक बोला, "समय है, तुम कहो।" राखाल, "तो चलो पार्क में चलें, वहीं कहेंगे!" तारक, "बैठो, चाय पी लो, तब चलो।" राखाल, "चाय को तो मैं मना कर आया हूं।" तारक, "चाय के विषय में 'ना' को 'हां' करना कोई दोष नहीं है।" कहकर तारक अंदर चला गया।

चाय और कचौरी का स्वाद लेने के बाद नहीं राखाल ने दासी से कहा, "भीतर जाकर कहो, राजू बाबू कुछ और कचौरी मंगाते हैं।" तारक ने कहा, "राखाल बाबू का नाम सुनते ही टोकरी-भर कचौरियां आ जाएंगी।" राखाल ने कहा, "और तारक बाबू के नाम पर गाड़ी-भर कचौरियां आ जाएंगी।" तारक, "कचौरी का टुकड़ा भी न आएगा, केवल

सूचना आएगी कि कचौरियां समाप्त हो गई।" इसी समय दासी गरम कचौरियों की तश्तरी राखाल के सामने रख गई। तारक ने कहा, "देखा!"

पार्क में बैठने पर तारक ने पूछा, "विमल बाबू मेरे विषय में क्या कह रहे थे?" राखाल ने कहा, "यही कि तुम खूब काम कर रहे हो; तुम्हारा भविष्य बहुत उज्ज्वल है।" फिर बोला, "मैं तुम्हारे विवाह का प्रस्ताव लाया हूं।" तारक ने कहा, "मजाक करते हो?" राखाल, "मजाक नहीं, सच।" तारक, "तो उस चर्चा को खत्म कर दो क्योंकि मेरे पास अभी ब्याह योग्य सम्पत्ति और सुमति दोनों का अभाव है।" राखाल, "मान लो, इस ब्याह से तुम्हारा धनाभाव दूर हो जाए और स्वयं धनोपार्जन की दिशा में भी उन्नति हो तब?" तारक बोला, "लड़की कौन है? क्या किसी वकील-बैरिस्टर की बेटी है?" राखाल ने कहा, "नहीं? एक निराश्रय व्यक्ति की कन्या है। पर, मान लो वह किसी धनी आत्मीय की एकमात्र उत्तराधिकारिणी है। राजी हो?"

तारक, "लड़की का परिचय तो दो, परिचय पाये बिना कुछ नहीं कह सकता।" राखाल ने कहा, "लड़की परम सुंदरी है; गुणवती और शिक्षिता है। उच्च ब्राह्मणकुलोत्पन्न है। पिता कभी बड़े धनी थे किन्तु आज कौड़ी-कौड़ी के लिए मोहताज हैं। पर कन्या माता की पर्याप्त संपत्ति की उत्तराधिकारिणी है। सब प्रकार वह सुपात्र के योग्य है। मैं ब्रज बाबू की लड़की की बात कर रहा हूं। रेणु की।"

तीव्र विस्मयपूर्वक तारक ने कहा, "क्या तुम पागल हो गए हो राखाल?" राखाल ने कहा, "पागल हो जाता तब तो अच्छा ही होता किन्तु हो कहां पाता हूं।" तारक बोला, "जान पड़ता है तुमने ही नई मां को यह सलाह दी है।" राखाल, "उन्होंने मुझसे नहीं पूछा, बहुत पहले से तुम्हें रेणु के लिए चुन रखा है।" तारक, "तुम्हीं क्यों रेणु से ब्याह कर लेते?" राखाल, "इसलिए कि मैं योग्य पात्र नहीं हूं तुम हो एम.ए. पास, विद्वान, बुद्धिमान् चरित्रवान्... "

तारक, "पर मैं इस लड़की को पिता के वंश की कुलवधू के रूप

में कैसे ग्रहण कर सकता हूं? गरीब जरूर हूं किन्तु मर्यादाहीन नहीं।" राखाल ने कहा, "किन्तु उसी लड़की की मां के आश्रय में रहकर, उन्हीं की सहायता से अपना भविष्य बनाने में तुम्हारे वंश की मर्यादा और कुलीनता का गौरव शायद उज्ज्वल हो रहा है?" तारक पागल की तरह उछलकर बोला, "जबान बंद करो राखाल। मैं इन लोगों का एक-एक पैसा चुका दूंगा; मैंने कर्ज के रूप में सहायता ली है।"

"मैंने तुम्हारे विषय में पहले ही अनुमान कर रखा था कि तुम ऐसा ही कुछ जवाब दोगे किन्तु यह सोचकर कि नई मां ने शायद पहले ही तुम्हें इशारा कर रखा था, समझा था कि शायद तुम्हारी असहमति न हो।"

तारक बोला, "नई मां ने किसी दिन ऐसी बात मुझसे नहीं कही, कहने का साहस भी नहीं कर सकतीं। वे जानती हैं कि तारक राखाल नहीं है।" कहकर वह तेजी से चला गया।

पच्चीस

वह साल बीत गया। दूसरा भी बीतने आया। विमल बाबू प्रायः डेढ़ वर्ष तक सिंगापुर से कलकत्ता नहीं लौट सके। इस बीच राखाल को सात-आठ बार बृन्दावन जाना पड़ा। इससे अपनी जीविका के कार्य में उसे क्षति पहुंची। दिन-दिन कर्ज बढ़ता गया।

रेणु ने मां से कोई सहायता नहीं ली। सवा लाख की सम्पत्ति सस्ते में सविता ने रेणु के लिए ही खरीदी थी। अपने सब गहने भी बक्स में बंद करके उसी के लिए बैंक में रखवा दिए थे किन्तु उसने इसे स्पर्श भी नहीं किया। इससे सविता का दिल टूट गया।

उसने सोचा था कि किसी उच्च शिक्षित, चरित्रवान्, स्वस्थ युवक

के हाथ में कन्या देकर सारी संपत्ति दहेज में दे देगी। उसकी बड़ी साध थी कि उसकी प्राणाधिक प्रिय रेणु दाम्पत्य के सौभाग्य से सुखी हो। यही देखकर सविता का मातृ-जीवन सफल होता। पर अब उसने देख लिया कि स्वामी और कन्या के जीवन में उसके लिए तनिक भी स्थान नहीं है—न भीतर न बाहर। यौवन के अस्ताचल में देह-कामना, रहित प्रेम जब उसके द्वार पर आकर उपस्थित हुआ तब उसका सम्मान करने की वृत्ति उनमें नहीं रह गई। मातृत्व की ममता की प्यास उसमें तीव्र हो उठी है किन्तु प्यास बुझाने वाला स्नेह का पात्र कहां है? मानसिक अशान्ति और क्षोभ के कारण सविता का स्वास्थ्य गिरता जा रहा है, फिर शरीर के प्रति उसकी लापरवाही की भी सीमा नहीं है। शारदा उलाहना देती है किन्तु उसके पास प्रतिकार का कोई उपाय नहीं। तारक कुछ नहीं कहता, अपनी उन्नति की चेष्टा में लगा रहता है।

सिंगापुर से विमल बाबू का पत्र आज ही आया। लिखा है अपने स्वास्थ्य को यों चौपट न करने के लिए। उसी पत्र से सविता को यह भी मालूम हुआ कि सीनियर वकील शिवशंकर बाबू की भतीजी से तारक का ब्याह तय हो रहा है। तारक ने सम्पत्ति और आशीर्वाद के लिए विमल बाबू को पत्र लिखा था।

तीसरे पहर शारदा जब्र स्कूल से लौटी तो सविता ने कहा, "हमारे तारक का विवाह है शारदा।" शारदा ने उत्सुक कण्ठ से पूछा, "कब, कहां है? लडकी कैसी है?" सविता ने कहा, "मैं तो जानती नहीं बेटी। हां, सुना है कि जिन शिवशंकर बाबू का जूनियर होकर तारक काम कर रहा है उन्हीं की भतीजी के साथ शादी लगी है।" शारदा, "यह क्या मां? आप नहीं जानतीं तो फिर कौन जानता है?" सविता बोली, "समय पर सब जान लेंगे, मुझे तो सिंगापुर से समाचार मिला है।"

डेढ़ साल से सविता ने शारदा का नाम एक विद्यालय में लिखा दिया है, जहां सिलाई इत्यादि गृहशिल्प, शिशुपालन, सुश्रूषा-विज्ञान इत्यादि की शिक्षा दी जाती है। तारक दिन-भर अदालत में रहता है। सविता घर के

काम-काज में लगी रहती है। दोनों की देखरेख करती है। शारदा बहुत कहती है कि वह सेवा करने आई थी किन्तु स्वयं ही सेवा लेने लगी,यह ठीक नहीं, किन्तु सविता समझा देती है कि उसे इसी में आनंद है।

उस दिन रात को भोजन कराते समय सविता ने तारक से पूछा, "ब्याह कर रहे हो भैया?" तारक ने चौंककर पूछा, "किसने कहा?" सविता, "आज ही सिंगापुर से चिट्ठी आई है।" तारक, "बात यह है कि मेरे सीनियर वकील शिवशंकर बाबू अपनी भतीजी से ब्याह करने के लिए बड़ा जोर दे रहे हैं किन्तु अभी तक मैंने निश्चय नहीं किया; अभी ब्याह का कुछ ठीक नहीं इसीलिए किसी से कुछ कहा भी नहीं। केवल विमल बाबू को परामर्श देने के लिए लिखा था।" सविता ने कहा, "यह संबंध तुम्हारे लिए बड़ा कल्याणकारी है, इस कार्य में देर करना ठीक नहीं।"

"किन्तु वे चाहते हैं कि ब्याह के बाद साल-डेढ़ साल मैं उन्हीं के पास रहूं क्योंकि यह भतीजी पितृहीना है और उसे उन्होंने लड़की की तरह पाला है। उनका कहना है कि उनके यहां रहने से मुझे काम में सुविधा होगी, बाद में मेरे लिए अलग घर बसाने की जिम्मेदारी भी उन्होंने ही ली है।"

"इसमें तुम्हें क्या असुविधा है?"

"मुझे तो कोई असुविधा नहीं है, उलटे उनके पास रहने से काम-काज में सुविधा ही होगी किन्तु आपकी देखभाल का क्या होगा मां?"

"ओह, मेरी तुम कुछ चिंता मत करो। आज तक तीर्थाटन नहीं किया, अब तीर्थयात्रा करने निकलूंगी। शारदा को या तो साथ ले जाऊंगी या उसके छात्रावास में रख जाऊंगी।"

"लौटेंगी कब?"

"शायद अब कलकत्ता न भी लौटूं। कोई जगह उधर अच्छी लगी तो उधर भी एक छोटा घर लेकर रह जाऊंगी।"

तारक कुछ नहीं बोला। सविता ने विमल बाबू को इस व्यवस्था और योजना की सूचना दे दी।

उस दिन शारदा का स्कूल जल्द बंद हो जाने से वह दोपहर को ही घर लौट आई। सविता दक्षिणेश्वर गई हुई थी; तारक कोर्ट गया था। शारदा चुपचाप बैठकर पाठ याद करने लगी। इसी समय किसी ने कुंडी खटखटाकर पुकारा, "नई मां!" शारदा ने द्वार खोल दिया। राखाल ने पूछा, "यह क्या? स्कूल नहीं गईं?" शारदा बोली, "गई तो थी; छुट्टी हो गई।" राखाल, "किसकी छुट्टी?" शारदा शरारत की हंसी हंसकर बोली, "इसीलिए कि आज आप यहां आएंगे।"

"नई मां से काम है, क्या कर रही हैं?" शारदा बोली, "तब तो शाम तक रुकना पड़ेगा; दक्षिणेश्वर गई हैं। आज उपवास था न?" राखाल ने पूछा, "किस बात का उपवास?" शारदा ने कहा, "बताती नहीं, यही कहती है कि व्रत है किन्तु मैं जानती हूं आज उनकी पुत्री का जन्म दिवस है। क्योंकि एक बार उन्हीं से सुना था कि माघ पंचमी रेणु की जन्मतिथि है।... इसलिए उपवास ही नहीं, मैंने देखा है इस दिन मां दीन-दुखियों को बड़ा दान देती हैं। रुपये-पैसे, नये-नये कपड़े, कंबल, रंगीन साड़ियां, ब्लाउज आदि सब देती हैं। घर में यह सब नहीं करतीं दक्षिणेश्वर, कालीघाट इत्यादि स्थानों में जाकर दे आती हैं।... मां तीर्थाटन के लिए भी जाने वाली हैं और शायद लौटकर यहां न आएंगी। तारक बाबू के ब्याह के बाद जाएंगी।" इसके बाद उसने तारक से ब्याह के विषय में सब बातें बताईं। और कहा, "देवता, अब आप भी विवाह कर लीजिए। घर बसाने की साध नहीं होती?"

"होने पर भी क्या सभी बसा सकते हैं शारदा? सबके भाग्य में सब सुख नहीं होता। तुम भी तो कोशिश करके अपना घर नहीं बसा पा रही हो?"

"मेरी बात छोड़िए। बचपन में ही विधवा न हो गई होती तो इस समय मेरी बड़ी गृहस्थी होती। उसके बाद भी दुर्बुद्धि-वश नये सिरे से गृहस्थी खड़ी की थी किन्तु भगवान् से देखा ही न गया।" राखाल ने कहा, "भाग्यं फलति सर्वत्र।" शारदा बोली, "यह बात तो तब ठीक होती

जब ब्याह करने के बाद कुछ वैसा होता! आपने तो आज तक प्रयत्न ही नहीं किया।" राखाल, "यत्न से ही सब कुछ हो जाता है? ब्याह का होना भी तो भाग्य पर निर्भर है।... अच्छा छोड़ो यह सब, नई मां के साथ तुम भी जा रही हो?"

"जाऊं तो आप प्रसन्न होंगे या नाराज?"

"प्रसन्न न होने पर भी नाराज होने का मुझे क्या अधिकार है?" शारदा ने कहा, "यदि अधिकार मिल जाये?"राखाल, "वह ऐसी सामान्य बात नहीं; फिर दान में प्राप्त अधिकार अपनी मर्यादा खो देता है, अधिकार जब सहज हो जाता है तभी उसका जोर चलता है।"

इसके बाद शारदा ने बताया कि मां ने छात्रावास में रहकर उसके पढ़ने की व्यवस्था कर दी है। फिर बोली, "किन्तु मुझे स्कूल-विस्कूल अच्छा नहीं लगता देवता।" राखाल ने पूछा, "तब तुम्हें क्या अच्छा लगता है शारदा?"

"मुझे क्या अच्छा लगता है, यह मैं स्वयं समझ नहीं पाती। किन्तु इतना अवश्य है कि मशीन की तरह स्कूल में जाकर पढ़ने के स्थान पर घर-गृहस्थी का काम मुझे ज्यादा अच्छा लगता है। उसके लिए मैं बराबर परिश्रम कर सकती हूं। छोटे बच्चे मेरे आनंद की सामग्री हैं।... अपने हाथ से स्वजनों की सेवा में कितना आनंद, कितनी तृप्ति है, इसे स्त्री जाति के सिवा और कोई नहीं समझ सकता।... इसी से आपसे प्रार्थना करती हूं कि आप ब्याह कर लीजिए। घर गृहस्थी बनाइए। मैं उसकी देख-रेख करूंगी। दोनों की सेवा करूंगी; अपने हाथों ऐसी गृहस्थी सजाऊंगी कि लोग बड़ाई करेंगे। फिर नन्हे-मुन्ने के पालन-पोषण का भार अपने ऊपर ले लूंगी। स्कूल में जो सीख रही हूं वह भी उसी के लिए। मैं आपका ब्याह अवश्य कराऊंगी, स्वयं लड़की देखकर कराऊंगी; यदि कोई अभाव होगा तो स्वयं उसकी पूर्ति करूंगी। आप क्या सोचते हैं कि मैं आपके रहते दूसरे के आगे हाथ फैलाने, नौकरी करने जाऊंगी?"

राखाल ने कहा, "क्या तुम अपना सारा जीवन इसी प्रकार दूसरों के

लिए लुटा दोगी! अपना घर बार, अपना स्वामी, अपनी संतान न पाने पर क्या गृहस्थी की साध पूर्णतः सार्थक हो सकती है।" शारदा कोमल कण्ठ से बोली, "बहस में तो मैं आपसे जीत सकती नहीं देवता। मैं जानती हूं कि स्वामी, गृहस्थी और संतान स्त्रियों के जीवन में सर्वाधिक कामना की चीज है। सच्चे रूप में इसे चाहने वाली कभी इसमें कोई कलंक नहीं लगने देगी। वह कभी न चाहेगी कि उसकी सन्तान के सिर पर कलंक की छाप रहे। मैं कभी यह भूल नहीं सकती कि मेरे जीवन से अपवित्रता का स्पर्श हो गया है। अपने स्वामी-सन्तान को छोटा करके मैं पत्नी बनूं, ऐसी स्वार्थिनी नहीं हूं। न पाया स्वामी, न पाई संतान किन्तु जिन्हें मैं हृदय से प्यार करती हूं उनकी संतान क्या अपनी सन्तान से कम स्नेह की वस्तु है? उनकी गृहस्थी क्या अपनी गृहस्थी से कम सुखदायी है? ... आप ब्याह कीजिए; मैं आपकी पत्नी को प्यार कर सकूंगी। आपकी गृहस्थी, आपकी सन्तान के द्वारा ही मैं सब कुछ पाऊंगी।"

बड़ी देर तक राखाल अभिभूत की तरह सुनता रहा, फिर बोला, "तुमने मुझे अपने भविष्य के विषय में सोचने को बाध्य कर दिया है, शारदा, मैं सोचूंगा। अब चलूं नई मां से कह देना कि मैं आया था।"

छब्बीस

विमल बाबू कलकत्ता आए। तारक का विवाह सकुशल हो गया। सविता ने कल विमल बाबू के साथ तीर्थयात्रा पर जाने का निश्चय किया है। पुराना दरबान महादेव, एक दासी तथा रसोई बनाने वाली साथ जाएंगे।

सविता ने राखाल को बुलाया। उसके हाथ में मुहरबंद बक्स पकड़ाते हुए बोली, "ये गहने रेणु के हैं। वह न ले तो संसार की मातृहीन

लड़कियों को बांट देना। जिसके लिए रखा था जब उसी ने दारिद्रय ओढ़ लिया तब इनका बोझ ढोकर क्या करूंगी? डेढ़ लाख मूल्य की जो जायदाद मेरे नाम थी वह रेणु के पिता के रुपयों से ही खरीदी थी। उसे रेणु के नाम ट्रांसफर रजिस्ट्री करा दी है। यह है कागज-पत्र इसे भी वह न ग्रहण करे तो तुम जो ठीक समझना कर देना। और ये कई हजार के प्रामिसरी नोट, मेरा यह हार, कड़े और चूड़ियां हैं। ये मुझे ब्याह के समय पिता से प्राप्त हुई थीं। यह जो तुम्हारी घर-गृहस्थी करने आएगी अर्थात् अपनी बहूरानी को भेंट में दिए जा रही हूं। उसकी सास का प्रसाद है। लौटाना नहीं बेटा।"

राखाल बोला, "अपने लड़के की विद्या-बुद्धि का हल तो आपको मालूम ही है मां। मैं उतना बड़ा उत्तरदायित्व कैसे सभालूंगा मां? अच्छा हो, तारक को दे जाइए। वह कानूनदां है, समझता-बूझता है।" नई मां ने कहा, "मुझे क्या निश्चिन्त न जाने देगा राजू? जिस उद्देश्य से तुम्हारे काका बाबू से यह सब एक दिन अपने हाथ लिया था, वह सार्थक नहीं हुआ। इससे अच्छा तो यही था कि उनके कारबार के साथ ही यह सब भी तभी डूब गया होता।"

•

सविता पहले द्वारका गई, फिर गुजरात, राजस्थान के अनेक स्थानों में घूमती आगरा पहुंची। फिर विमल बाबू के प्रस्ताव पर मथुरा-वृन्दावन देखने के लिए मथुरा आई। वहां ये लोग विमल बाबू के परिचित एक धनी सेठ के यहां ठहरे। सेठ ने इनके लिए एक मोटरकार भी अलग कर दी।

मथुरा से मोटर द्वारा ही जब पार्टी वृन्दावन पहुंची तब विमल बाबू ने पूछा, "सविता, ब्रज बाबू से मिलने चलोगी?" सविता ने कहा, "हम देव-दर्शन के लिए निकले हैं। वही करके लौट जाएंगे।" दिन–

भर वृन्दावन में घूमते रहने के बाद विमल बाबू ने कहा, "चलो, मथुरा लौट चलें।" सविता की राय हुई कि यहां गोविंद जी की आरती बहुत प्रसिद्ध है, इसलिए उसे भी देखना अच्छा होगा। निश्चय हुआ कि आरती देखकर मथुरा लौटेंगे। अच्छी जगह देख, एक वृक्ष के नीचे पार्टी ने डेरा डाल दिया।

मंदिर में आरती के घंटे बज उठे। सविता विमल बाबू के साथ मंदिर में गई। वह मूर्ति के सामने खड़ी आरती देख रही है किन्तु उसकी दृष्टि चंचल है—रह-रहकर इधर-उधर देख लेती है। सहसा उसने देखा, उसी मण्डप के एक ओर ब्रज बाबू दोनों हाथ जोड़े टकटकी लगाए आरती देख रहे हैं। ओठ हिले रहे हैं, संभवत: नाम-जप चल रहा है।

आरती समाप्त हुई; भीड़ छंट गई। विमल बाबू ने आगे बढ़कर ब्रज बाबू का चरण स्पर्श किया। ब्रज बाबू चौंककर पीछे हट गए, बोले, "गोविंद! गोविंद! प्रभु के मंदिर में मुझे प्रणाम। महापाप हुआ।" विमल बाबू ने कहा, "मुझे पता न था कि मंदिर के भीतर प्रणाम न करना चाहिए। क्षमा कीजिए।" ब्रज बाबू, "गोविंद! गोविंद! विमल बाबू हैं क्या? चलिए, उधर आंगन में, तुलसी-कुंज के निकट चलकर बैठें।" फिर विमल बाबू के प्रणाम के लिए प्रभु से बार-बार क्षमा मांगकर तथा उन लोगों को साथ लेकर बाहर जा खड़े हुए। ब्रज बाबू बहुत बदल गए हैं। सिर-मुंह मुड़ा हुआ, गले में तुलसी की माला, माथे पर तिलक-रेखा, हाथ में हरिनाम की झोली, गौरवर्ण, लंबा एकहरा शरीर धूप में तप-तपकर ताम्रवर्ण हो गया है।

विमल बाबू के कुशल-प्रश्न के उत्तर में ब्रज बाबू ने कहा, "गोविंद जी की इस दीन पर बड़ी कृपा है। जो ब्रजभूमि में आ गया। ब्रज की धूलि जिसे मिली, जिसने यमुना में स्नान एवं श्याम कुंड, राधा कुंड और गोवर्धन गिरि का स्पर्श किया उसे कोई अमंगल कैसे सताएगा? इस लोक में अब मेरी कामना नहीं है; मैं यहां कृष्णानंद में विभोर हूं।" सविता बोल उठी, "तुम्हारा तो वही हाल है जैसे कोई घुड़दौड़ में सर्वस्व

गंवाकर मदिरा के नशे में भूला रहे। जानते हो, इस आनंद का मूल्य क्या है?"

मंदिर में कीर्तनकारों का एक दल गा रहा था, गीत का आशय यह था, "प्रेमानंद के अमृत-सिन्धु में डूब-डूबकर पी रहा हूं, फिर भी तृप्ति नहीं है। कृष्ण ही प्राण हैं, कृष्ण ही धन हैं, कृष्ण ही तन-मन हैं; कृष्ण सुख की निधि, परमरत्न हैं; उनके सामने कुल, शील, धर्म-कर्म, लोक-लज्जा, भय, देह, गेह, सम्पत्ति सब तुच्छ है। उस मदिरा में मस्त हूं, कमर में वस्त्र है कि नहीं, इसका भी ज्ञान नहीं है।" गान सुनकर ब्रज बाबू की आंखों से आंसू बहने लगे। बोले, "नई बहू, यही प्रार्थना करो कि मेरा यह नशा न उतरे।"

"और तुम्हारी लड़की? मेरी रेणु?"

ब्रज बाबू ने कहा, "कौन है मेरी लड़की? अब 'मैं-मेरे' का मोह न रखो। यहां अपना कुछ नहीं है। एकमात्र ब्रजनन्दन ही यहां सब हैं। रेणु को उन्हीं के चरणों में अर्पण कर दिया। जब तक अपनी समझता रहा, कुछ सूझ नहीं पड़ा। अब उसे उनके हाथ सौंप निश्चित हो गया हूं। उनकी व्यवस्था में कौन हाथ लगा सकता है? हमीं लोगों को देखो। मनुष्य की व्यवस्था, मनुष्य की इच्छा, मनुष्य का स्वामित्व कुछ चल पाया था? उन्होंने जिधर उंगली उठाई, उधर ही पासा पलट गया।" इसी समय किसी ने पुकारा, "बाबू जी... ।" सविता ने चौंककर देखा—रेणु है-सूखा मुंह, रूखे बाल, मुखाकृति पर दारिद्र्य का रूखापन। मैली वृंदावनी साड़ी पहने है। गले में तुलसी की कण्ठी है। सविता देखकर स्तब्ध रह गई। रेणु ने सविता को देखा नहीं, बोली, "बाबू जी, घर चलो। रात हो रही है।" ब्रज बाबू बोले, "अपनी मां को नहीं पहचाना रेणु?" रेणु बोली, "पहचाना क्यों नहीं? किन्तु मंदिर में तो प्रणाम नहीं करना चाहिए। ... अब चलो बाबू जी, दिन-भर एकादशी का व्रत रखा है, प्रसाद कब लोगे?"

माता के प्रति कन्या का यह पराये जैसा आचरण देख ब्रज बाबू

ने कुंठित होकर कहा, "नई बहू, गोविंद कुटीर में तुम लोग एक दिन आओगे क्या?" सविता ने रेणु को निर्लिप्त मुख की ओर देखते हुए कहा, "नहीं मंझले बाबू, तुम्हारे गोविंद के कुटीर में मुझ जैसी महापापिन को प्रवेश का अधिकार नहीं।" ब्रज बाबू जीभ काटकर बोले, "गोविंद! गोविंद! वे दीनबन्धु पतितपावन हैं; अशरण-शरण हैं नई बहू... " उमड़ते रोने को जी-जान से रोककर सविता ने कहा, "केवल तोते की तरह मुंह से उगल दिया है मंझले बाबू। जिस धर्म में क्षमा नहीं है वह क्या अधर्म से ऊंचा है?" कहकर सविता बाहर चली गई। विमल बाबू ने ब्रज बाबू से कहा, "आपके साथ कुछ बात करनी थी, आपको कब सुविधा होगी?" ब्रज बाबू ने कहा, "जब आपको सुविधा हो।" विमल बाबू, "तो कल दोपहर को आऊंगा?" पूछने पर उन्होंने पता भी बता दिया। किन्तु रेणु बोली, "पर बाबू जी, कल तो दिन-भर हम लोग श्री गुरु महाराज के नाम कीर्तन में रहेंगे।" ब्रज बाबू घबराकर बोले, "ठीक-ठीक। कल मुझे क्षमा कीजिए; आप परसों प्रात: आवें।" नमस्कार करके विमल बाबू निकल आए।

मोटर पर सवार होते ही सविता बोली, "अब घूमना नहीं रुचता, मुझे विश्राम चाहिए दयामय। कल सुबह ही यात्रा की व्यवस्था करो। सिंगापुर चलो। इस देश में मैं एक क्षण नहीं रहूंगी। दूर, बहुत दूर ले चलो जहां यहां की रीति-रस्म, समाज, मनुष्य न हों, मैं अपने सम्पूर्ण अतीत को धो डालूंगी।" विमल बाबू ने कुछ उत्तर न दिया।

दूसरे दिन जब विमल बाबू उठे तो सविता का दरवाजा बंद देख बड़ी शंका हुई, क्योंकि वह उनसे बहुत पहले उठती हैं। वे दरवाजे पर धक्का देने जा रहे थे कि सविता द्वार खोल बाहर निकल आई। उसकी आंखें रात-भर जागने से लाल हो रही थीं। रात-भर मृत्यु के द्वंद्व करने वाले मरणासन्न रोगी-सा शिथिल मुंह देखकर विमल बाबू ने आंखें फेर लीं। सविता बोली, "देर हो गई, तुम्हें चाय नहीं मिली? कपड़े बदलकर अभी बनाए देती हूं।" विमल बाबू ने कहा, "आज महाराज ही बना

देगा।" सविता ने कहा, "नही-नहीं, वह अच्छी नहीं बना पाएगा। मुझे देर न होगी, अभी नहाकर आई।"

चाय डालते हुए सविता ने कहा, "मैंने सिंगापुर जाना ही तय किया है। मनुष्य द्वारा गढ़े इन तीर्थों में घूमने से कुछ समय जरूर कट जाता है किन्तु अन्तर की जिज्ञासा का उत्तर प्राप्त नहीं होता। जो सत्य को चाहता है, उसका मन इन खिलौनों से नहीं बहल सकता। अब मुझे विश्राम चाहिए।" विमल बाबू ने कहा, "किन्तु यदि वहां भी विश्राम न मिला?" सविता ने कहा, "उसके लिए न डरो। इस बार मुझसे गलती न होगी जो फूल वृंत (डंठल) से टूटकर धूल में गिर पड़ा है वह फिर कभी शाखा के बंधन में नहीं लौटता। अब मैं समझ गई हूं।"

"तो तार कर दूं, सिंगापुर के लिए जहाज में दो कैबिन सुरक्षित करने के लिए?" सविता ने सिर हिलाकर मंजूरी दे दी।

यथासमय विमल बाबू ब्रज बाबू से मिलने गए। सविता नहीं गई। विमल बाबू ने कुटीर में पहुंचकर देखा कि रेणु को पिछली रात से हैजा हो गया है; चिकित्सा का कोई प्रबंध नहीं। रोगी को हरिनाम कीर्तन सुनाया जा रहा है। ब्रज बाबू ठाकुर जी की कोठरी में हत्या दिए पड़े हैं। बीच-बीच में उठकर मूर्छित कन्या के मुंह में चरणामृत डाल देते हैं और फिर मूर्ति के आगे जाकर पछाड़ खाकर गिर पड़ते हैं। रोगिणी गंदे कपड़ों में पड़ी है। यह सब देख विमल बाबू सविता को लाने के लिए मथुरा लौट गए। समाचार मिलते ही सविता पत्थर-सी हो गई। उसे लेकर विमल बाबू तुरंत वृन्दावन लौटे। उनसे सविता की ओर देखा नहीं जाता है। कुछ देर बाद डूबते आदमी की भांति रुद्ध स्वर में सविता बोली, "गाडी इतने धीरे क्यों चल रही है? मेरी सांस बंद हुई जा रही है।... अच्छा दयामय, तुमने तो बहुत पढ़ा है। कहीं यह भी पढ़ा है कि इस तरह मां अपनी ही संतान की दुर्गति का कारण हुई है।" विमल बाबू क्या बोलते?

मोटर राह में रेडियेटर में पानी भरने के लिए रुकी तो पास की

झोपड़ी से किसी बच्चे के रोने का शब्द सुनाई पड़ा। सविता बोली, "अजी? देखो, इनके यहां क्या हुआ? सुनते हो?" ब्रज बाबू सविता की यह हालत देख चिन्तित हो गए। बोले, "कोई बच्चा यूं ही रो रहा है किन्तु यदि तुम इस तरह घबराओगी तो रोगिणी की सेवा कैसी करोगी?" सविता ने घबराकर कहा, "ना-ना, मुझे कुछ नहीं हुआ। यदि कुछ घबड़ाई हूं तो उसे एक बार छाती से लगाते ही सब ठीक हो जाएगा। पन्द्रह वर्ष से मेरा हृदय अंदर से खाली है। भले वह मुझसे घृणा करे तो भी मैं उसकी मां हूं। क्या वह इसे न समझेगी? जरूर समझेगी। तुम देख लेना। यह उसका क्रोध नहीं, घृणा नहीं, मां के ऊपर अभिमान (रूठना) है।"

ब्रज बाबू के डेरे पर सामने खटिया और गैरिक वस्त्रधारी वैष्णवों का दल देखकर विमल बाबू का माथा ठनका किन्तु सविता बिल्कुल स्थिर है, कठोरता का आवरण पड़ गया है। वह मोटर से उतरकर अंदर चली गई। शोक-विह्वल ब्रज बाबू ने अश्रु-सिक्त कण्ठ से कहा, "आ गई नई बहू? ये सब रेणु को जाने की जल्दी मचा रहे हैं। मैं कहता हूं, जिसका धन है उसे आ जाने दो; तब जो चाहे करना। तुम्हारी अमानत की रक्षा नहीं कर सका, खो दिया। मुझे क्षमा कर दोगी नई बहू?"

सविता पृथ्वीतल के ऊपर मलिन बिछौने पर पड़ी निस्पंदप्राणहीन रेणु की देह की ओर देखती रही। फिर आगे बढ़कर मुंह से वस्त्र हटा दिया। अत्यन्त दुबले, बदरंग, रक्तहीन मुंह की दोनों आंखें गड्ढे में धंस गई हैं। सविता ने झुककर मस्तक पर एक गहरा चुम्बन ले लिया और शव को ले जाने वालों के आगे बढ़ने पर एक ओर खड़ी हो गई। किन्तु जीवन-भर के संयम, साधना और भगवद्ज्ञान को भूलकर ब्रज बाबू बच्चों की तरह धरती पर लोट-पोटकर बिलखने लगे, "बिटिया, अपने बूढ़े पिता को किसके हाथ सौंपे जा रही है?"

•

खबर पाकर राजू कलकत्ता से आ गया है। तार आया है कि रेणु की विमाता भी आ रही है। सविता की देह सूख गई है; शरीर में लावण्य का लेश नहीं रह गया है। तब भी वह ब्रज बाबू की सेवा का सब भार अपने ऊपर लिये हुए है।

बहुत मैली साड़ी पहने सविता ब्रज बाबू एवं राखाल के भोजन के लिए खीलें बिन रही है। विमल बाबू आकर खड़े हुए। सविता ने कहा, "आज छोटी मालकिन आ रही हैं, उनके आने से पूर्व ही मुझे यहां से चला जाना चाहिए! क्यों?" विमल बाबू, "तुम्हीं सोच-समझ लो।" सविता बोली, "किन्तु वे लोग इन्हें शान्ति से रहने न देंगे। नहीं, यह न होगा। इस असहाय, असमर्थ, रोग-शोक-कातर मनुष्यों को वृंदावन से खींचकर दूसरी जगह ले जाना बड़ी भारी निष्ठुरता होगी। हृदय का आकर्षण होता तो छोटी बहू यहीं रहकर स्वामी की सेवा करती।... तुम लौट जाओ, मैं यहीं रहूंगी।" विमल बाबू को जाते देख बुलाकर पूछा, "मनुष्य के अंदर का प्रधान अवलंब जब इस तरह टूट जाता है तब मनुष्य क्या लेकर जीता रहता है जानते हो!"

"तुमने जो खोया है उसे संसार के अभागों-अनाथों के बीच ढूंढ पाओगी।"

•

छोटी बहू सविता को पहचानती न थी। उसने ब्रज बाबू को कलकत्ता ले जाना चाहा पर सविता ने यही कहा कि सेवा करना है तो यहीं रहकर करे। उसने बताया कि भाई को नाराज कर बड़ी कठिनाई से वह यहां आ सकी है। कल ही उसे लौट जाना है। मेरे लौट जाने पर इनकी सेवा कौन करेगा?

सविता ने कहा, "जब तुम लोग कोई इनके अपने न थे तब जिसने इनकी देख-रेख का सब भार ले रखा था, उसी ने इस समय भी ले रखा है। तुम अपने भैया से कह देना।" छोटी बहू ने पूछा, "वह कौन है?" सविता ने कहा, "तुम न पहचान सकोगी बहन! अपने भैया से कहना, वे समझ जाएंगे।"

छोटी बहू कलकत्ता लौट गई। विमल बाबू ने सिंगापुर प्रस्थान किया। विदा होते समय सविता ने प्रणाम करके कहा, "मुझे गलत न समझना। जीवन में बार-बार आश्रयभ्रष्ट होना ही मेरी भाग्यलिपि है।" विमल बाबू की मोटर चली गई। स्तब्ध सविता के रक्तहीन मुंह की ओर देखकर राखाल ने डरते हुए पुकारा, "मां, मां!" सविता उमड़े हुए रोदन के बीच धरती पर लोट गई। बोली, "राजू, मेरी रेणु ने जब मुझे क्षमा नहीं किया तब मैंने समझ लिया कि संसार में और कोई मुझे क्षमा न करेगा।"

महीने-भर बाद अदन से विमल बाबू का पत्र सविता के नाम आया। उसमें उन्होंने लिखा है, "तुम्हारा देश-भ्रमण समाप्त हुआ; मेरा पृथ्वी-भ्रमण शुरू हो रहा है। जीवन-भर मैं बड़े दायरे में रहा, अब वर्तमान जीवन का तंग दायरा मुझे संकुचित किए डाल रहा है। इसीलिए यात्रा पर जा रहा हूं। ... अन्तर की जानकारी की दृष्टि से तुम्हारे साथ परिचित होने का मूल्य बहुत है किन्तु जो पुरुष के जीवन को बाहर भी यथेष्ट उन्नत नहीं बना सकता वह पुरुष के लिए कल्याणकारी नहीं है। जीवन में कभी घर नहीं मिला, केवल धन और ऐश्वर्य पाया है। रास्ता चलते-चलते किशोरावस्था और यौवन बीत गया: अब प्रौढावस्था भी समाप्त होने को है। जीवन की इस बेला में तुम्हारे निकट गृहानंद पाने से तृप्ति हुई। उसके लिए कृतज्ञ हूं।

"तुम्हारे प्रति गहरी सहानुभूति और श्रद्धा हृदय में लेकर तुमसे दूर हटा जा रहा हूं पर कूलहीन जल में बहती इस नौका का लंगर तुम्हीं हो।

"यदि कभी किसी कारण भी तुम्हें मेरी आवश्यकता हो तो टामस कुक कंपनी की मार्फत तार कर देना। पृथ्वी के चाहे जिस छोर पर रहूंगा, तुम्हारे पास पहुंच जाऊंगा।

"एक आदमी पृथ्वी में रहा जो मेरी अंतिम विदा का दिन आने पर सम्पूर्ण बाधाओं की परवाह न करके मेरे पास आ जाएगा, वह जानना ही क्या अस्तोन्मुख एक जीवन के लिए यथेष्ट संबल नहीं है?"

●●●

अभागिनी का स्वर्ग

ठाकुरदास मुखर्जी की बड़ी बूढ़ी स्त्री का सात दिन के बुखार के बाद देहांत हो गया। वृद्ध मुखर्जी महाशय ने धान के रोजगार में काफी पैसा कमाया था। उनके चार लड़के, तीन लड़कियां और उनके भी बाल-बच्चे मौजूद थे। उस पर दामाद, अड़ोसी-पड़ोसी, नौकर-चाकर सबके आ जाने से एक उत्सव-सा हो गया था। गांव-भर के लोग धूम-धाम के साथ निकलने वाली अरथी को देखने आए। लड़कियों ने रोते-रोते मां के दोनों पांवों पर खूब गाढ़ा करके महावर और माथे पर सिंदूर लगा दिया। बहुओं ने ललाट पर चंदन लगाकर बहुमूल्य वस्त्रों से सास को ढक दिया और आंचल से उनकी अंतिम पदधूलि लेकर अपने माथे से लगाई। पुष्प, पत्र, सुगन्ध माला और कलश से मालूम ही न पड़ा कि इस घर में कोई शोक की घटना हुई है। ऐसा मालूम हुआ जैसे बड़े घर की गृहिणी पचास वर्ष बाद फिर एक बार नये ढंग से अपने पति के घर विदा हो रही है। वृद्ध मुखर्जी महाशय शान्त मुख से अपनी चिरसंगिनी को अंतिम विदा देकर छिपे-छिपे आंखों के आंसू पोंछकर शोकार्त कन्याओं और पुत्रवधुओं को सांत्वना देने लगे। प्रबल हरि-ध्वनि से प्रभाव के आकाश को आलोड़ित करता हुआ सारा का सारा गांव अरथी के साथ हो लिया। और भी एक स्त्री जरा दूर रहकर इस दल के साथ हो ली, वह थी कंगाली की मां। वह अपनी कुटिया के आंगन में फले हुए कुछ बैंगन तोड़कर हाट में बेचने जा रही थी कि इस दृश्य को देखकर उससे फिर हिला

न गया। उसका हाट जाना रह गया, उसके आंचल में बंधे बैंगन जैसे के तैसे रह गए। वह अपने आंसू पोंछती हुई सबके पीछे-पीछे श्मशान में जा उपस्थित हुई। गांव के बाहर गरुड़ नदी के किनारे श्मशान है, वहां पहले ही लकड़ी के बोझे, चंदन के टुकड़े, घी, मधु, धूप, राल आदि उपकरण संचित हो चुके थे। कंगाली की मां छोटी जात की थी, दूले की लड़की होने से उसे जाने की हिम्मत न हुई, दूर से ही ऊंची ढरी पर खड़ी वह अन्त्येष्टि क्रिया शुरू से लेकर आखिर तक, उत्सुक आग्रह के साथ टकटकी बांधे देखने लगी।

प्रशस्त और पर्याप्त चिता पर जब शव रखा गया, तब उसके महावर से रंगे दोनों पैरों को देखकर उसकी दोनों आंखें तृप्त हो गईं। उसका मन होने लगा कि दौड़कर पहुंचे और पांवों से एक बूंद महावर पोंछकर माथे से लगा ले। अनेक कण्ठों की हरि-ध्वनि के साथ जब पुत्र के हाथ की मंत्रपूत अग्नि से चिता जलने लगी, तब उसकी आंखों से आंसुओं की झड़ी बंध गई। मन ही मन वह बार-बार कहने लगी, "भाग्यवती मां, तुम सुरग को जा रही हो—मुझे आशीर्वाद देती जाओ जिससे मैं भी इसी तरह कंगाली के हाथ की आग पा सकूं।" लड़के के हाथ की आग!-यह तो कोई मामूली बात नहीं? पति, पुत्र, कन्या, नाती, नातिन, दास-दासी, परिजन—सबके सामने यह जो स्वर्गारोहण हो रहा है, इसे देखकर उसकी छाती फटने लगी—इस सौभाग्य की मानो वह कोई गिनती ही न कर सकी। सद्यः प्रज्वलित चिता का लगातार उठता हुआ जोर का धुआं नीले रंग की छाया फेंकता घूम-घूमकर आकाश की ओर उड़ता जा रहा था। कंगाली की मां को उसी में एक छोटे-से रथ की मूर्ति मानो स्पष्ट दिखाई दी। उस रथ के चारों तरफ कितने ही चित्र अंकित हैं, उसकी चोटी पर तरह-तरह की लताएं और पत्नियां लिपटी हई हैं। उसके भीतर न जाने कौन बैठा है, चेहरा उसका पहचानने में नहीं आता, परन्तु माथे पर उसके सिंदूर की रेखा और पांवों में महावर लगा हुआ है। ऊपर की ओर देखते-देखते कंगाली की मां की आंखों से आंसुओं की धारा बह

रही थी, इतने में एक चौदह-पन्द्रह साल का लड़का उसकी धोती का पल्ला खींचता हआ बोला, "तू यहां खड़ी है अम्मां, रोटी नहीं बनाएगी?"

मां चौंकी और उसकी तरफ मुड़कर देखा, कहा, "बनाऊंगी रे।" इसके बाद सहसा ऊपर की ओर उंगली दिखाकर व्यग्रस्वर से कहा, "देख-देख, बेटा बाम्हन मां जी रथ में चढ़ के सुरग को जा रही हैं।"

लड़के ने आश्चर्य के साथ मुंह उठाकर कहा, "कहां कहां?" कुछ देर तक अच्छी तरह देख-भालकर वह फिर बोला, "तू पगली हो गई है मां! वह तो धुआं है!" इसके बाद वह गुस्सा होकर बोला, "दोपहर तो हो गया, मुझे भूख नहीं लगती होगी क्या?" और साथ-साथ मां की आंखों में आंसू देखकर बोला, "बाम्हनी मां मरी है, तो तू क्यों रोए मरतो है मां?"

कंगाली की मां को अब होश आया। दूसरे दिन श्मशान में खड़ी होकर इस तरह आंसू बहाने से स्वयं मन ही मन लज्जित हुई, यहां तक कि लड़के के अकल्याण की आशंका से दूसरे ही क्षण आंखें पोंछकर जरा हंसने की कोशिश करती हुई बोली, "रोऊंगी क्यों रे, आंखों में धुआं लग गया था, इसी से!"

"हां-हां, धुआं तो लगा ही है! तू रो रही थी बिल्कुल!"

मां ने फिर कोई प्रतिवाद नहीं किया। लड़के का हाथ पकड़कर घाट पर गई, खुद भी नहाई और कंगाली को भी नहलाया, फिर घर लौट गई। श्मशान-संस्कार को अन्त तक देखना उसके भाग्य में न बदा था।

•

सन्तान के नामकरण के समय माता-पिता की मूर्खता पर विधाता-पुरुष बहुधा अंतरिक्ष में सिर्फ हंसकर ही संतुष्ट नहीं होते, बल्कि तीव्र प्रतिवाद भी करते हैं। इसी से उनका सारा जीवन उनके अपने नाम को ही मानो मरते दम तक बिराता रहता है। कगाली की मां के जीवन को विधाता

के इस परिहास की बला से छुटकारा मिल गया था। उसे पैदा करने के बाद ही मां उसकी मर गई थी, लिहाजा बाप ने गुस्से में आकर उसका नाम रख दिया अभागिनी। मां नहीं रही, लिहाजा बाप नदी में मछली पकड़ता फिरता था। उसमें उसने न तो दिन देखा और न रात। फिर भी यह छोटी-सी अभागिन किसी दिन कंगाली की मां होने के लिए कैसे जिंदा बची रही, सचमुच यह एक आश्चर्य की बात है। जिसके साथ उसका ब्याह हुआ, उसका नाम था रसिक बाघ। उस बाघ की एक और बाधिनी थी, उसे लेकर वह दूसरे गांव चला गया, और अभागिनी अपने अभाग्य और बच्चे कंगाली को लेकर उसी गांव में पड़ी रही।

उसका वह कंगाली आज बड़ा हो गया है और पन्द्रहीं में पड़ा है। फिलहाल उसने बेंत का काम सीखना शुरू कर दिया है। अभागिनी को आशा होने लगी है कि और भी साल-भर तक अगर वह अभाग्य के साथ जूझ सकी तो उसका दुःख दूर हो जाएगा। उसका यह दुःख क्या और कैसा है, सो तो जो देखने वाले हैं, उनके सिवा और कोई भी नहीं जानता।

कंगाली तालाब से अचवन करके आया तो देखा कि उसकी थाली का बचा हुआ सामान मां एक बरतन में डालकर रख रही है। उसने आश्चर्य के साथ पूछा, "तैने नहीं खाया मां?"

"बहुत अवेर हो गई है बेटा, अब भूख नहीं रही।"

लड़के ने विश्वास नहीं किया, बोला, "हां, भूख तो जरूर नहीं होगी। कहां, देखूं तेरी हडिड्यां?"

इस छल से बहुत दिनों से मां उसे धोखा देती आई है, इसी से आज उसने हडिड्यां देख के छोड़ी। उसमें और एक के लायक भात था। तब वह प्रसन्न मुख से मां की गोदी में जाकर बैठ गया। इस उमर के लड़के साधारणत: ऐसा नहीं करते, किंतु बचपन ही से अक्सर बीमार रहने के कारण मां की गोद के सिवा बाहर के साथी-संगियों के साथ खेलने का उसे मौका ही नहीं मिला।

यहीं बैठकर उसे खेल-कूद का अपना शौक मिटाना पड़ा है। एक

हाथ मां के गले में डालकर उसके मुंह पर अपना मुंह रखते ही कंगाली चौंक पड़ा, बोला, "अम्मां, तेरी तो देह गरम है, क्यों तू धाम में खड़ी-खड़ी मुरदा जलना देखती रही और क्यों फिर नहाई जाकर ? मुरदा जलना तैने ... "

मां ने चट से लड़के का मुंह दबाकर कहा, "छि: बेटा, 'मुरदा जलना' नहीं कहते, पाप लगता है। सती-लक्ष्मी मां महारानी रथ में चढ़कर सुरंग को गई हैं।"

लड़के ने संदेह करके कहा, "तेरे पास वही एक बात है। रथ में चढ़कर कोई कहीं सुरग को जाता है।"

मां ने कहा, "मैंने तो अपनी आंखों से देखा बेटा, बाम्हन मां जी रथ में बैठी थीं। उनके लाल-लाल पांव सबों ने देखे हैं रे !"

"सबों ने देखे ?"

"हां ! सबों ने देखे।"

कंगाली मां की छाती से लगकर सोचने लगा। मां का विश्वास करना ही उसका अभ्यास था, विश्वास करना ही उसने बचपन से सीखा है। उसकी मां जब कह रही है, बसों ने अपनी आंखों से इतनी बड़ी घटना देखी है, तब अविश्वास करने की कोई बात ही नहीं रह गई। थोड़ी देर बाद उसने आहिस्ता-आहिस्ता कहा, "तब तो तू भी मां सुरग को जाएगी ? बिन्दो की मां उस दिन राखाल की बुआ से कह रही थी, कंगाली की मां जैसी सती-लक्ष्मी दूलों में और कोई नहीं है।"

कंगाली की मां चुप बनी रही। कंगाली उसी तरह धीरे-धीरे कहने लगा, "बप्पू ने जब तेरे को छोड़ दिया था, तब कितने जनों ने निकाह करने के लिए तेरी खुशामद की थी। लेकिन तैने कहा—नहीं! तू बोली—कंगाली बना रहेगा तो मेरा दुःख दूर हो जाएगा, फिर निकाह क्यों करूं ? अच्छा अम्मा, तू निकाह करती, तो मैं कहां जाता ? मैं शायद भूखों मर जाता !"

मां ने लड़के को दोनों हाथों से छाती में चिपका लिया। वास्तव में,

उस दिन ऐसी सलाह कम लोगों ने नहीं दी, और जब इसके लिए वह किसी भी तरह राजी नहीं हुई, तब ऊधमबाजी भी कम नहीं हुई। इस बात को याद करके अभागिनी की आंखों से आंसू गिरने लगे। लड़के ने हाथ से मां के आंसू पोंछते हुए कहा, "कंथड़ी बिछा दूं मां सोएगी ?"

मां चुप रही। कंगाली ने चटाई बिछाई, उस पर कंथड़ी बिछा दी, माचे के ऊपर से वह छोटा तकिया उठा लाया, मां का हाथ पकड़कर उस पर सुलाने ले चला, तब मां ने कहा, "कंगाली, आज तू काम पर मत जा, रहने दे।"

काम पर नागा करने का प्रस्ताव कंगाली को बहुत ही अच्छा लगा, मगर बोला, "जलपान के फिर दो पैसे नहीं मिलेंगे मां !"

"मत मिलने दे, आ तुझे कहानी सुनाऊं।"

अधिक लोभ न दिखाना पड़ा, कंगाली मां की छाती से लगकर पड़ रहा, और बोला, "सुना मां, राजकुमार, कोतवाल बेटा और वह पक्षीराज घोड़ा ... "

अभागिनी ने राजकुमार, कोतवाल-पुत्र और पक्षीराज घोड़े से कहानी शुरू कर दी। ये सब उसकी बहुत दिनों की सुनी हुई और बहुत दिनों की कही हुई कहानियां थीं। परन्तु कुछ ही क्षण बाद कहां गया उसका राजकुमार और कहां गया कोतवाल का बेटा—उसने ऐसी कहानी शुरू कर दी, जो दूसरे से सीखी हुई नहीं थी, उसकी अपनी रचना थी।

जैसे-जैसे उसका बुखार बढ़ने लगा, माथे में गरम खून का दौरा ज्यों-ज्यों जोर का होने लगा, त्यों-त्यों मानो वह नई-नई कहानियों का इन्द्रजाल रचती चली गई। भय, विस्मय और पुलक के मारे मानो वह जोर से मां के गले से लगकर उसकी छाती में समा जाने लगा।

बाहर दिन डूब चुका था। सूर्य के अस्त होते ही संध्या की म्लान छाया धीरे-धीरे गाढ़ी होकर चारों ओर व्याप्त हो गई। परंतु घर के भीतर आज दीया नहीं जला, गृहस्थ का अंतिम कर्तव्य पालन करने के लिए कोई नहीं उठा। निविड़ अंधकार में सिर्फ रुग्ण माता का बाधाहीन गुंजन

निस्तब्ध पुत्र के कानों में सुधा बरसाता चला गया। वही श्मशान और श्मशान-यात्रा की कहानी थी वह। वही रथ, वही महावर से रंगे लाल-लाल पांव, वही उसका स्वर्ग जाना ! किस तरह शोकविह्वल पति अंतिम पद-धूलि देकर रोते हुए विदा हुए, किस तरह हरिध्वनि के साथ लड़के मां की अरथी उठा ले गए, और फिर उसके बाद संतान के हाथ से आग !—"वह आग तो आग नहीं थी बेटा, वह तो हरि का रूप था। उसका आकाश-भरा धुआं नहीं था बेटा, वह तो सुरग का रथ था। कंगालीचरण, बेटा मेरा।"

"क्यों मां ?"

"तेरे हाथ की आग अगर पा गई बेटा, तो बाम्हन-मां की तरह मैं भी सुरग को जा सकूंगी।"

कंगाली ने अस्फुट स्वर में सिर्फ इतना कहा, "हट, ऐसा नहीं कहते।"

मां शायद उसकी बात सुन भी न सकी। वर गरम सांस छोड़ती हुई कहने लगी, "तब छोटी जात होने से कोई नफरत न कर सकेगा—गरीब दुःखी होने से फिर कोई रोक-टोक न कर सकेगा। ओफ ! लड़के हाथ की आग-रथ को तो आना ही पड़ेगा।"

लड़का मां के मुंह के ऊपर मुंह रखकर रुंधे हुए गले से बोला, "ऐसा मत बोल मां, ऐसा मत बोल, मुझे बड़ा डर लगता है।"

मां ने कहा, "और सुन कंगाली, तू अपने बापू को एक बार पकड़ लायेगा, वे उसी तरह अपने पांव को धूल मेरे माथे से लगाकर मुझे विदा करेंगे। उस तरह पांवों में महावर, माथे पर सिंदूर—पर यह सब कौन करेगा बेटा ? तू करेगा न रे कंगाली ? तू ही मेरा लड़का है, तू ही मेरी लड़की है, तू ही मेरा सब है।" कहते-कहते उसने लड़के को अपनी छाती से चिपटा लिया।

●

अभागिनी के जीवन-नाटक का अंतिम अंक समाप्त होने जा रहा है। उसका विस्तार ज्यादा नहीं, थोड़ा ही था। शायद अब तक तीस ही साल पार हुए होंगे या न भी हुए हों। समाप्त भी हुआ वैसे ही मामूली तौर पर। गांव में वैद्य कोई न था, दूसरे गांव में एक वैद्य रहते थे। कंगाली जाकर रोया-धोया, हाथ जोड़े, पांव पड़ा, और अंत में उसने एक लोटा गिरवी रखकर उन्हें सलामी दी; मगर फिर भी वे आए नहीं, उन्होंने चार-पांच गोलियां देकर टरका दिया। और उनका खटराग कितना! खरल, शहद, अदरक का सत, तुलसी के पत्तों का रस! कंगाली की मां ने लड़के पर गुस्सा होकर कहा, "क्यों तू मुझसे पूछे बिना लोटा गिरवी रख आया बेटा!" इसके बाद उसने गोलियां हाथ में लेकर सिर से लगाईं और चूल्हे में डाल दीं। बोली, "अच्छी हूंगी तो ऐसे ही हो जाऊंगी—बाग्दी-दूलों के घर दवा खाकर कभी कोई नहीं जीता।"

दो-तीन दिन इसी तरह बीत गए। पड़ोसी लोग खबर पाकर देखने आए; और अपने जाने हुए मुष्टि-योग—हरिन के सींग का घिसा हुआ पानी, गट्टी कौड़ी जलाकर शहद के साथ चटाना इत्यादि अव्यर्थ औषधों का पता देकर, सब अपने-अपने काम में चले गए। बच्चा कंगाली जब घबरा-सा गया तो मां ने उसे अपने पास खींचकर कहा, "वैद की दवा से तो कुछ हुआ नहीं बेटा, इन दवाओं से क्या होगा? मैं ऐसे ही अच्छी हो जाऊंगी।"

कंगाली ने रोते-रोते कहा, "तैने गोलियां तो खाई नहीं मां, चूल्हे में फेंक दी थीं। ऐसे ही क्या कोई अच्छा होता है?"

"मैं अच्छी हो जाऊंगी। अच्छा, तू थोड़ा-सा भात-आत बना कर खा तो ले। देखूं, मैं देखती रहूंगी।"

कंगाली अपने जीवन में आज पहले-पहल अपने हाथों से भात बनाने लगा। न तो वह अच्छी तरह माड़ ही निकाल सका, और न ठीक से पसाकर खा ही सका। चूल्हा तक तो ठीक से जला नहीं, उफान का पानी पड़ जाने से धुआं हुआ सो अलग। भात पसरने में चारों तरफ बिखर गया।

मां की आंखों में आंसू भर आए। उसने खुद एक बार उठने की कोशिश की, पर वह सिर सीधा न कर सकी, बिछौने पर गिर पड़ी। खा चुकने पर अपने लड़के को अपने पास बुलाकर उसे कैसे बनाया और परोसा जाता है, इसका विधिवत् उपदेश देते-देते उसका क्षीण कण्ठ सहसा रुक गया, और आंखों से बराबर धार बहने लगी।

गांव का ईश्वर नाई नाड़ी देखना जानता था। दूसरे दिन वह आया और हाथ देखकर उसी के सामने चेहरा गंभीर बनाकर, एक दीर्घ निःश्वास लेकर, और अंत में सिर हिलाकर उठकर चल दिया। कंगाली की मां इसका अर्थ समझ गई, मगर उसे जरा भी डर नहीं हुआ। सबके चले जाने पर उसने लड़के से कहा, "एक बार उन्हें बुला ला सकता है, बेटा?"

"किसको?"

"वही रे, —उस गांव को जो चले गए हैं।"

कंगाली समझकर बोला, "बप्पू को?"

अभागिनी चुप रही।

कंगाली ने कहा, "वे क्यों आने लगे मां?"

अभागिनी को खुद ही काफी संदेह था, फिर भी उसने धीरे से कहा, "जाकर कहना, मां सिर्फ तुम्हारे पैरों की जरा धूल चाहती है!"

वह उसी वक्त जाने को तैयार हो गया, मां ने फिर उसका हाथ पकड़कर कहा, "जरा रोना-धोना बेटा, और कहना—मां जा रही है।"

जरा ठहरकर फिर बोली—"उधर से लौटते वक्त नाइन भाभी से थोड़ा सा महावर लेते आना बेटा! मेरा नाम लेने से ही वह दे देगी। मुझसे बड़ा मेल मानती है वह।"

मेल उससे बहुतेरी मानती हैं, इसमें शक नहीं।

बुखार होने के बाद से कंगाली ने अपनी मां के मुंह से इन सब चीजों की बात इतनी बार और इतनी तरह से सुनी है कि वह वहीं से कांपता हुआ रवाना हुआ।

●

दूसरे दिन रसिक दूले समयानुसार जब आ पहुंचा, तब अभागिनी को उतना होश नहीं था। मुंह पर मृत्यु की छाया पड़ चुकी है, आंखों की दृष्टि इस संसार का काम पूरा करके न जाने कहां किस अनजान देश को चली गई है। कंगाली ने रोते हुए कहा, "अम्मा री! बप्पू आए हैं,—पांव की धूल लेगी न!"

मां शायद समझी हो, या न समझी हो, या हो सकता है कि उसकी गहराई तक संचित वासना ने संस्कार के समान उसकी ढकी हुई चेतना पर चोट पहुंचाई हो। इस मृत्यु-पथ के यात्री ने अपना कमजोर कांपता हुआ हाथ बिस्तर के बाहर निकालकर पसार दिया।

रसिक हतबुद्धि की तरह खड़ा रहा। यह उसकी कल्पना से बाहर की बात भी कि संसार में उसके पांव की धूल की जरूरत हो सकती है,—उसे भी कोई चाह सकता है। बिंदो की बुआ खड़ी थी, उसने कहा, "दो बेटा, जरा पांव की धूल हाथ से लगा दो।"

रसिक आगे बढ़ आया। अपने जीवन में उसने कभी जिस स्त्री से प्रेम नहीं किया, अशन-वसन नहीं दिया, कोई खोज-खबर नहीं ली, मरते समय उसे सिर्फ जरा पांव की धूल देते हुए वह रो पड़ा।

राखाल की मां ने कहा, "ऐसी सती-लक्ष्मी स्त्री ब्राह्मण-कायथों के घर न पैदा होकर दूलों के घर क्यों पैदा हुई! अब उसकी जरा गति सुधार दो बेटा,— कंगाली के हाथ की आग के लोभ से बेचारी ने प्राण दे दिए!"

अभागिनी के अभाग्य के देवता ने अगोचर में बैठकर क्या सोचा, सो नहीं मालूम, परंतु बच्चे कंगाली की छाती में जाकर यह बात तीर-सी चुभ गई।

उस दिन का दिन तो कट गया, पहली रात भी कट गई, पर सवेरे के लिए कंगाली की मां प्रतीक्षा न कर सकी। मालूम नहीं, इतनी छोटी जात के लिए स्वर्ण के रथ की व्यवस्था है या नहीं, अथवा अंधेरे में पैदल ही उन्हें रवाना होना पडता है. परंतु इतना समझने में आ गया कि रात खत्म होने के पहले ही वह इस दुनिया को छोड़कर चली गई है।

झोंपड़ी के सामने के आंगन में एक बेल का पेड़ था। कहीं से कुल्हाड़ी मांगकर रसिक ने उस पर चलाई होगी या न भी चलाई हो, न जाने कहां से जमींदार के दरबान ने आकर उसके गाल पर तड़ से एक थप्पड़ जड़ दिया और कुल्हाड़ी छीनकर कहा, "साला कहीं का, यह क्या तेरा पेड़ है जो काट रहा है?"

रसिक गाल पर हाथ फेरने लगा। कंगाली रुआंसा-सा होकर बोला, "वाह, यह तो मेरी अम्मा के हाथ का रोपा हुआ पेड़ है दरबान जी, बप्पू को तुमने झूठ-मूठ क्यों मार दिया?"

दरबान ने उसे भी एक न सुनने लायक गाली देकर मारना चाहा, पर वह अपनी मरी हुई अम्मां के पास बैठा था, इसलिए छूत के डर से उसने उसे छुआ नहीं। शोरगुल से लोगों की भीड़ जमा हो गई। किसी ने भी इस बात से इनकार नहीं किया कि बिना पूछे रसिक का पेड़ काटना अच्छा नहीं हुआ। वे फिर दरबान साहब के हाथ जोड़ने और पैरों पड़ने लगे कि वे मेहरबानी करके हुकुम दे दें। कारण, बीमारी के समय जो भी कोई देखने आया था, उससे कंगाली की मां ने अपनी अंतिम अभिलाषा कह दी थी।

मगर दरबान इन सब बातों में आने वाला नहीं था, उसने हाथ–मुंह हिलाते हुए कहा, "यह सब चालाकी हमारे सामने नहीं चल सकती।"

जमींदार स्थानीय रहने वाले थे, गांव में उनकी एक कचहरी है, गुमाश्ता अधर राय उसके मालिक हैं। लोग जिस समय दरबान से व्यर्थ अनुनय-विनय कर रहे थे, कंगाली उसी समय बेतहाशा दौड़ता हुआ एकदम कचहरी में जा पहुंचा। उसने लोगों के मुंह से सुन रखा था—पियादे लोग घूस लेते हैं, इसलिए उसे निश्चय विश्वास था कि इतने बड़े असंगत अत्याचार की बात अगर वह मालिक के कान तक पहुंचा दे, तो इसका कोई प्रतिकार हुए बिना नहीं रह सकता। हाय रे अनभिज्ञ! बंगाल के जमींदार और उनके कर्मचारियों को वह पहचानता न था। सद्य:मातृहीन बालक शोक और उत्तेजना से उद्भ्रान्त होकर एक बारगी ऊपर चढ़ता चला आया

था—अधर राय हाल ही संध्या-पूजा और थोड़ा-सा जलपान करके बाहर आकर बैठे थे, विस्मित और कुद्ध होकर बोले, कौन है?"

"मैं हूं कंगाली। दरबान जी ने मेरे बाप को मारा है।"

अच्छा किया है। हरामजादे ने लगान न दिया होगा।"

कंगाली ने कहा, "नहीं बाबू साहब, बप्पू पेड़ काट रहे थे,—मेरी अम्मा मर गई है,—" कहते-कहते वह अपनी रुआई को रोक न सका, रो पड़ा।

सबेरे ही इस तरह की रोआ-पोंकी से अधर बहुत ही नाराज हो उठे। छोकरा मुर्दा छूकर आया है, मालूम नहीं, यहां का भी कुछ छू-छा दिया होगा। कड़ककर बोले, "मां मरी है, तो जा, नीचे, जाकर खड़ा हो। अरे कौन है रे, यहां जरा गोबर-पानी डाल दे। किस जाति का लड़का है तू?"

कंगाली ने डर के मारे नीचे आंगन में उतरकर कहा, "हम लोग दूले हैं।"

अधर ने कहा, "दूले! अरे दूले के मुर्दे के लिए लकड़ी की क्या जरूरत है रे?"

कंगाली ने कहा, "अम्मा जो मुझे आग देने कह गई है! तुम पूछ लो न बाबू साब, अम्मा सब किसी से कह गई है, सबों ने सुना है!" मां की बातें कहते हुए उसके क्षण-क्षण के अनुरोध-उपरोध सब एक साथ याद आ जाने से उसका कण्ठ मानो रुआई के मारे फट जाने लगा।

अधर ने कहा, "अम्मा को जलाना चाहता है तो पेड़ के दाम पांच रुपये ले आ सकेगा।"

कंगाली जानता था, कि यह असंभव है। वह अपनी आंखों से देख आया था। उसके उत्तरीय खरीदने के लिए दाम चाहिए थे, सो बिन्दो की बुआ उसकी भात खाने की थाली गिरवी रखने के लिए ले गई है। उसने गरदन हिलाकर कहा, "नहीं।"

अधर ने अपना चेहरा अत्यन्त विकृत करते हुए कहा, "नहीं तो मां को लेकर जाकर नदी के तड़ा में गाड़ दे। किसके बाप के पेड़ पर तेरा

बाप कुल्हाड़ी चलाने चला है रे,—पाजी, अभागा, बदमाश।"

कंगाली ने कहा, "वह तो हम लोगों के आंगन का पेड़ है बाबू साब, वह तो मेरी अम्मा के हाथ का रोपा हुआ पेड़ है।"

"हाथ का रोपा हुआ पेड़ है?—पांड़े, सुअर को गलबहियां देके निकाल तो दे यहां से।"

पांड़े ने आकर गरदनियां देकर निकालते हुए मुंह से ऐसी बात कही जिसे सिर्फ जमींदारों के कर्मचारी ही कह सकते हैं।

कंगाली धूल झाड़कर उठा और फिर धीरे-धीरे बाहर चला आया। क्यों उसने मार खाई और क्या उसका कसूर था, लड़के की कुछ समझ में ही न आया।

गुमाश्ते के निर्विकार चित्त पर इसका जरा भी असर न हुआ। अगर होता तो वह नौकरी उसे न मिलती। उलटे उसने फरमाया, "पारस, देखना जरा इसका लगान बाकी पड़ा है कि नहीं? बाकी हो तो इसका जाल-वाल छीनकर रखवा देना,—हरामजादा भाग जा सकता है।"

मुखर्जियों के घर श्राद्ध है—बीच में सिर्फ एक दिन बाकी है। धूम-धाम और तैयारियां खूब जोरों से, गृहिणी के श्राद्ध के लायक हो रही हैं। वृद्ध ठाकुरदास स्वयं देख-रेख करते फिर रहे हैं। कंगाली उनके सामने आ खड़ा हुआ, बोला—"पंडित जी, मेरी मां मर गई है।"

"तू कौन है? क्या चाहता है तू?"

"मैं कंगाली हूं। कह गयी है, उसे आग देने के लिए—"

"सो दे जाकर।"

कचहरी की घटना की खबर इस बीच चारों तरफ फैल गई थी। एक आदमी ने आकर कहा, "यह लड़का शायद एक पेड़ चाहता है"—इतना कहकर उसने यह घटना कह सुनाई।

मुखर्जी साहब आश्चर्य और नाराजगी के साथ बोले, "सुनी इसकी बातें, अरे हमें ही कितनी लकड़ियां चाहिए,—कल-परसों काम ठहरा। जा-जा, यहां कुछ नहीं होगा।" इतना कहकर वे अन्यत्र चले गए।

भट्टाचार्य महाशय पास ही बैठे फर्द तैयार कर रहे थे, उन्होंने कहा, "तेरी जात में जलाते कब हैं रे? जा मुंह में जरा आग देकर नदी के तड़े में गाड़ दे।"

मुखर्जी साहब का बड़ा लड़का काम की जल्दी में व्यवस्था के साथ इधर से कहीं जा रहा था, उसने कान खड़े करके जरा सुनकर कहा, "देखते हैं, पंडित जी, सब साले आजकल बाम्हन-कायथ हो जाना चाहते हैं।" कहकर वह अपने काम से अन्यत्र कहीं चला गया।

कंगाली ने फिर किसी से प्रार्थना नहीं की। इन दो घंटों के अनुभव से दुनिया में वह मानो एकदम बूढ़ा हो गया था। वहां से धीरे-धीरे अपनी मां के पास चला आया।

नदी के तड़े में गढ़ा करके अभागिनी को सुला दिया गया। राखाल की मां ने कंगाली के हाथ में थोड़ा-सा जलता हुआ पुआल देकर उसकी मां के मुंह से छुलवा दिया। उसके बाद सबने मिलकर मिट्टी से ढककर कंगाली की मां का अंतिम चिह्न तक लुप्त कर दिया।

सब कोई अपने कामों में व्यस्त थे। सिर्फ कंगाली—उस जले हुए पुआल से जो थोड़ा-बहुत धुआं घूमता हुआ आकाश में उड़ रहा था, उस धुएं की तरफ एकटक देखता हुआ स्तब्ध खड़ा था।

●●●